평온한 삶

클래식 라이브러리　002

평온한 삶

클래식 라이브러리　002
La vie tranquille

마르그리트 뒤라스 지음
윤진 옮김

arte

LA VIE TRANQUILLE
by Marguerite Duras

내 어머니에게

차례

일러두기

1 이 책은 Marguerite Duras, *La vie tranquille* (Paris: Éditions Julliard, 1944, renouvelé en 1972)을 옮긴 것이다.
2 인명, 지명 등 고유명사의 우리말 표기는 국립국어원 외래어표기법에 따르되, 일부 예외를 두었다.
3 주석은 모두 옮긴이의 것이다.

1부

제롬은 허리가 거의 꺾이다시피 몸을 굽힌 채로 다시 뷔그 쪽으로 걸어갔다. 나는 싸움을 치르고 철로 옆 비탈에 쓰러져 있는 니콜라에게 다가갔다. 내가 옆에 앉았지만, 지금 생각하면 그때 니콜라는 내 존재를 알아차리지도 못했다. 니콜라는 제롬만을, 길이 숲에 가려져 보이지 않는 곳까지 계속 눈으로 좇았다. 제롬이 시야에서 사라지자 황급히 일어섰고, 나와 함께 제롬을 따라잡기 위해서 뛰었다. 그리고 제롬의 모습이 다시 보이는 곳에서 걸음을 늦추었다. 우리는 20미터쯤 뒤에서 제롬과 똑같은 속도로 느리게 걸었다.

　　니콜라는 땀에 흠뻑 젖어 있었다. 머리카락이 달라붙고 얼굴 위로 흘러내리기도 했다. 가슴이 붉은색과 보라색으로 멍이 들고 숨이 차서 헐떡거렸다. 겨드랑이에서 팔을 따라 땀방울이 흘러내렸다. 니콜라는 잔뜩 집중해서 제롬을 주시했다. 등을 펴지 못하는 외삼촌을 보면서 니콜라는 우리에게 닥칠 일을 예감했을 것이다.

　　뷔그로 올라가는 길은 경사가 심했다. 이따금 제롬은 비탈에 등을 기댄 채 두 손으로 한쪽 옆구리를 누르면서 몸을 웅크렸다.

도중에 우리가 따라오는 것을 보고서도 알아보지 못하는 것 같았다. 몹시 아픈 게 분명했다.

니콜라는 내 곁에서 계속 제롬을 쳐다보았다. 그의 머릿속에서 일련의 장면이 펼쳐지고, 다시 또 펼쳐지고, 계속 똑같은 장면 앞에서 니콜라는 당황했을 것이다. 한 번씩은 아마도 자신이 벌여 놓은 일을 되돌릴 수 있으리라 믿으며, 땀에 젖은 시뻘건 두 주먹을 꽉 쥐었다.

제롬은 20미터에 한 번 걸음을 멈추었다. 이제 그에게는 니콜라가 자기를 때렸다는 사실이 더 이상 중요하지 않았다. 니콜라였든 다른 누구였든 상관없었다. 제롬의 얼굴에는 조금 전 침대에서 니콜라에게 끌려 나올 때의 분노도 당혹감도 더는 남아 있지 않았다. 제롬은 자신을 받아들였고, 고통으로 아무것도 볼 수 없게 된 지금, 안으로부터 자신을 바라보는 듯했다. 끔찍한 고통이었을 것이다. 이렇게까지 아플 수는 없다고, 믿을 수 없다고 생각하는 표정이었다.

제롬은 이따금 허리를 펴려 했고, 그때마다 그의 가슴에서 놀란 "앗!" 소리가 새어 나왔다. 신음과 동시에 입에서 무언가가 거품과 함께 나왔다. 제롬은 이를 부딪히며 떨었다. 그는 이미 우리를 완전히 잊었다. 우리가 도와주리라는 기대도 버렸다.

이런 자세한 내용을 내게 알려 준 것은 나중에 니콜라에게 제롬과의 일을 전해 들은 티엔이었다. 정작 나는 그날 오직 니콜라만 쳐다보고 있었다.

그날 처음으로 니콜라가 훌륭해 보였다. 그의 열기가 몸에서 김을 내뿜었고, 땀 냄새도 났다. 새로운 냄새였다. 그는 오직 제롬만 쳐다보았다. 나에게는 눈길도 주지 않았다. 나는 니콜라를 껴안고 싶었고, 그의 힘을 좀 더 가까이서 냄새 맡고 싶었다. 그 순간에 오직 나만이 그를 사랑할 수 있었다. 니콜라를 껴안고 입 맞추고 말할 수도 있었다. "니콜라, 내 동생, 내 동생."

니콜라는 20년 전부터 제롬과 싸우고 싶어 했다. 전날까지도 결심하지 못하고 망설이며 수치스러워하더니 마침내 해냈다.

제롬이 다시 한번 허리를 폈다. 이제는 참지 않고 비명을 내질렀다. 그 덕에 고통이 조금이나마 줄어들었을 것이다. 제롬은 술 취한 사람처럼 지그재그로 걸었다. 우리는 따라갔다. 우리는 천천히 참을성 있게 제롬을 그의 방으로, 그가 다시는 나오지 못할 방으로 인도했다. 저 새로운 모습의 제롬이 길을 잃지 않도록 우리는 그의 마지막 발걸음을 감시했다.

마당 가까이 평지에 왔을 때만 해도 우리는 제롬이 대문까지 못 갈 줄 알았다. 분명 더는 힘이 없어서 침대까지 남은 몇 미터를 가지 못할 것 같았다. 제롬은 조금 앞서갔다. 위쪽에서 불어온 바람이 제롬과 우리 사이를 가르며 지나갔다. 바람 소리에 제롬이 신음하는 소리가 섞였다. 잠시 후 제롬이 멈춰 서서 거세게 고개를 흔들기 시작했다. 그러다가 하늘로 고개를 들었고, 다시 허리를 펴 보려고 애쓰면서 진짜 울부짖는 소리를 내뱉었다. 나도 모르게 나는 그가 마지막으로 보게 될 하늘을 쳐다보았다. 하늘이 파랬다. 해가 이미 떴다. 이제 아침이었다.

제롬이 다시 걷기 시작했다. 그때부터 나는 확신했다. 제롬은 침대에 눕기 전까지 절대 걸음을 멈추지 않으리라. 그는 대문을 지났고, 우리는 같이 뷔그의 마당으로 들어섰다. 티엔이 아빠와 함께

땔감을 구하러 가려고 말을 수레에 매고 있었다. 제롬은 그 두 사람을 보지 못했다. 아빠와 티엔은 하던 일을 멈추고 제롬이 집 안으로 들어갈 때까지 지켜보았다.

아빠는 마당 한가운데 멈춰 선 니콜라를 주의 깊게 살피다가 곧 하던 일을 계속했다. 티엔이 나에게 다가와 무슨 일이냐고 물었다. 나는 니콜라와 제롬이 클레망스 때문에 싸웠다고 말했다.

"굉장히 많이 다친 것 같은데." 티엔이 말했다. 나는 심각한 것 같다고, 제롬이 회복하기 힘들 것 같다고 말했다.

티엔은 니콜라에게 다가갔다. 그리고 우리의 암말 마Mã를 수레에 매달게 도와 달라고 했다. 마는 여름 아침이면 말을 안 듣고 버티기도 했다. 잠시 후 남자들은 들판으로 갔다.

*

마침내 침대에 누운 제롬은 다시 힘을 내어 비명을 질렀다. 엄마는 할 일을 버려두고 제롬 곁에 있었다. 나는 이미 오래전부터 제롬을 엄마의 동생으로 생각하지 않았다. 나는 엄마에게 니콜라가 제롬과 싸웠다고, 클레망스 때문이고 또 오래전부터 우리 집안에 잠복해 온 그 모든 것 때문이라고 말했다. 전혀 과장이 아니었다. 외삼촌 제롬은 그야말로 우리 집 재산을 전부 날려 버렸다. 제롬 때문에 니콜라는 공부를 할 수 없었고, 나도 마찬가지였다. 우리는 돈이 없어서 뷔그를 떠나지 못했다. 내가 결혼을 못 한 것 역시 같은 이유였다. 니콜라는 클레망스와 결혼했다. 클레망스와 나는 같은 젖을 먹고 자란 사이였지만, 그래도 클레망스는 우리 집 하녀였고, 못생겼고, 멍청했다. 곧 2년이 되는 포도 수확 때였다. 니콜라가 클레망스를 임신시켰고, 어쩔 수 없이 클레망스와 결혼했다. 니콜라가 그 전에 다른 여자들을 사귀어 본 적이 있었다면 그런 어리석은 결정을 하지는 않았을 것이다. 그는 이미 오래전부터 혼자였고, 결국 그렇게 되었다. 사실 니콜라가 책임을 질 필요는 없었다. 클레망스와 결혼하지 않아도 문제 될 게 없었다. 엄마도 기억할 테지만, 제롬이 그 결혼을 부추겼다. 우리 생각은 달랐다. 클레망스는 페리괴에 사는 언니 집에 가 있었다. 제롬이 가서 데려왔다. 결국 니콜라와 클레망스는 그다음 주에 지에서 결혼식을 올렸다. 우리는 그런 식으로 매듭짓는 게 간단하다고 판단했다. 클레망스는 어땠을까? 우리가 옳다고 생각했을까?

나는 엄마에게 전부 상기시켜 주었다. 엄마는 자꾸 잊었다. 석 달 전부터 제롬이 매일 저녁 클레망스의 방에 올라간다는 사실을 내가 니콜라에게 알려 주었다고 엄마에게 말했다. 니콜라가 클레망스를 혼자 자게 버려둔 것은 사실이다. 하지만 클레망스가 니콜라를 안 세월이 얼마인데, 결혼하면 어떤 일이 기다릴지 미리 알았어야 하지 않는가. 클레망스는 니콜라와의 결혼을 받아들이지 말았어야 했다. 내 말이 맞지 않는가.

엄마는 떨면서 두 손으로 내 손을 감쌌다. "그럼 노엘은?" 나는 웃었다. "니콜라 애 맞아요." 엄마는 어떻게 확신하느냐고 물었다. 나는 엄마를 마당으로 데려갔다. 우리는 아기용 울타리 안에서 놀고 있는 노엘을 쳐다보았다.

노엘은 머리카락이 다갈색의 직모이고, 눈은 보랏빛이고, 눈을 깜빡일 때면 투명한 눈까풀에 다갈색 명주실 같은 속눈썹이 드러났다. 유아용 신발은 벗어 놓은 채로, 자꾸 흘러내리는 반바지만 입고 있었다. 노엘이 가만히 엄마를 쳐다보았다. 그러다가 엄마에게서 반응이 없자, 다시 알 수 없는 놀이에 열중했다. 노엘은 온 힘을 다해 울타리를 때리고, 그때마다 엉덩방아를 찧으면서 주저앉았다. 노엘은 웃지도 화내지도 않았다. 햇빛 아래 놀고 있는 아이의 갈색이 도는 분홍색 흉곽은 안에서 피가 뛰는 게 보일 것처럼 투명했다.

엄마는 가슴이 뭉클해진 것 같았다. 잠시 후 나에게 말했다. "네 말이 맞구나." 엄마는 모자를 가져와서 노엘의 머리에 씌워 주었다. 그런 다음 제롬 곁으로 돌아갔다.

나는 엄마에게 더는 아무 말도 하지 않았다. 하지만 제롬은 뷔그에서 사라져야 했다. 그래야 니콜라가 살 수 있었다. 언젠가는 끝나야 할 일이었다. 그리고 때가 왔다.

*

저녁 무렵에 제롬이 비명을 지르기 시작했고, 나는 테라스에 나가서 혹시 누가 우리 농장으로 올라오지 않는지 길 쪽을 지켜보았다. 그곳에서 내려다보이는 뷔그는 아름답다. 우리 풀밭이 아름답고, 그 주위로 거대한 그늘을 만드는 우리 숲도 아름답다. 테라스에서는 지평선까지 잘 보였다. 멀리 리솔강의 계곡 속에 밭과 숲과 하얀 언덕으로 둘러싸인 농장들이 흩어져 있다. 혹시라도 누군가 우리 농장으로 올라온다면 어떻게 해야 할까. 어쨌든 나는 길을 지켜보았다. 누군가 나타난다면 마지막 순간에라도 분명 방도가 생각날 것이다. 사실 내 마음은 평온했다. 해가 기울면서 언덕 능선들 위로

땅거미가 드리웠다. 테라스 옆에 목련 두 그루가 있었는데, 한순간 내가 팔꿈치를 괴고 있는 테라스 난간 위로 목련 꽃이 떨어졌다. 떨어진 꽃의 냄새, 향기, 아주 달콤하고 이미 썩기 시작한 맛 같은 게 느껴졌다. 8월이 목전이었다. 길 건너편, 지에 언덕의 그늘에 클레망이 보였다. 곧 밤을 앞두고 양들을 울타리 안에 넣을 시간이었다. 나는 집으로 들어왔다. 이미 세 시간 동안 망을 보았다. 이렇게 늦은 시간에 우리 집으로 이어지는 길 위를 돌아다닐 사람은 없을 터였다.

　나는 제롬의 방 문에 귀를 대어 보았다. 클레망스도 왔다. 제롬은 여전히 비명을 지르며 지에에 가서 의사를 데려다 달라고 했다. 엄마는 마치 자꾸 캐묻는 아이를 대하듯이 듣는 둥 마는 둥 하며 같은 대답을 이어갔다. 꿈꾸는 듯한 목소리로 우리 암말 마가 밭에 나가 있다고, 지금 하던 일을 멈추고 지에로 보낼 수는 없다고 했다. 제롬은 엄마가 대답하자마자 다시 똑같은 요구를 하며 괴롭혔다. 제롬이 안달하며 소스라칠 때마다 침대가 삐걱거렸다. 이따금 제롬이 욕까지 했지만 엄마는 노엘이 변덕스러운 억지를 부릴 때처럼 단호했다. 계속 거절하면서도 계속 부드러웠다. 나도 제롬에게 욕해 주고 싶었고, 엄마가 동생의 요구를 거절하며 따귀를 때리는 모습을 보고 싶었다. 그러나 엄마는 늘 정확하게 필요한 일만 했다. 제롬이 온 얼굴로 애원하고 있는데 어떻게 엄마는 화도 내지 않을 수 있을까? "괜찮아. 좀 심하게 얻어맞았을 뿐이야. 큰일 아니야." 엄마가 대답했다. 제롬은 의사를 불러 주지 않으면 직접 자기가 마를 타고 가겠다고 위협했다. 그러다가는 다시 부드러워졌다. "프랑수한테 가라고 말해 줘. 아나, 제발. 나 너무 아파. 동생을 위해서 좀 해 줘,

누나……." 프랑수, 내가 어릴 때 외삼촌이 붙여 준 이름이었다. 누군가를 필요로 할 때 제롬은 늘 저런 식이었다. 엄마는 똑같이 대답했다. "아니야, 제롬, 괜찮아." 아마도 엄마는 오전에 내가 한 말을 전부 기억할 터였다.

나는 제롬의 방으로 들어갔다. 클레망스는 마치 어둠 속에 사는 짐승처럼 현관으로 사라졌다.

제롬은 옷을 다 입은 채로 누워 있었다. 입술이 파랗고 피부는 누르스름했다. 온통 노랬다. 엄마는 제롬 옆에 앉아 책을 읽고 있었다. 방에서는 요오드 냄새가 났고, 덧창을 반쯤 열어 놓았는데도 밖에서 맹위를 떨치는 여름이 조금도 끼어들지 못했다. 제롬의 모습을 보는 것만으로도 한기가 느껴졌다. 기억을 떠올리자면, 그때 나는 빨리 그 방에서 나가고 싶었다. 제롬은 온 힘을 다해 애원했다. 비명을 질렀고, 처음에 그 소리는 상당히 거칠었다. 존재 전체를 두꺼운 용암처럼 토해 낼 기세였다. 이어 그 끈적이는 용암으로부터 마침내 진짜 비명이, 어린아이의 비명처럼 순수한, 꾸밈없는 비명이 새어 나왔다. 그 두 비명 사이에 똑딱거리는 시계추 소리가 길을 냈다. 제롬의 두 눈은 천장에 달린 등불을 응시했고, 그 몸의 분명한 두께를 지닌 형태들이 빛 속에 놓였다. 아마도 그때까지만 해도 나는 제롬이 정말로 죽는다고 확신하지 못했다. 그의 두 팔과 두 다리가 규칙적으로 뻣뻣해지며 심하게 요동쳤다. 제롬이 내지르는 음침한 애원 소리가 방들을 지나 정원으로, 네모난 마당으로 퍼져 나갔고, 길과 숲 사이의 밭을 통과한 뒤 새들이 모여 있고 지는 해가 한가득 내려앉은 덤불 속에 웅크렸다. 제롬의 비명은 붙잡아 두고 싶지만 언제나 집에서 도망치고 마는, 그리고 일단 밖에 나가면 위험한 존재가 되는 짐승이었다. 제롬은 밖에서 누군가 자기를 구해 주러 오리라는 기대를 완전히 포기하지 못했다. 뷔그 농장에는 우리밖에 없고 우리가 자기를 사람들의 눈에 띄지 않게 숨기려 한다는 사실을 알면서도 그랬다. 하지만 우리는 제롬에게 다정하게 말했다. 우리를 제대로 보기만 했어도 제롬은 우리 눈 속에 담긴 연민을, 아파하는 그의 큰 몸에 대한 연민을 읽었을 것이다. 기억 속에 그때 나는 그 방을 나가고 싶었다. 하지만 나는 제롬을 열심히 쳐다보았고, 그의 비명에, 때로 너무도 다정한 그의 애원에, 차마 보기 힘든 그의 얼굴에 익숙해져 갔다. 나는 지겨워질 때까지 버텼다.

　　남자들이 일을 마치고 돌아오고, 나는 나가서 그들을 맞았다. 니콜라는 지쳐 보였다. 그가 나에게 물었다. "아직 소리 질러 대는 거야? 진작 알았으면……" 이것이 니콜라가 그 시기 동안에 나에게 건넨 유일한 말이었다. 사실 누구한테라도 할 수 있는 말이었다. 게다가 어차피 제롬의 비명이 들렸으니 굳이 물어볼 필요도 없었다. 내 마음속에 살짝 니콜라를 향한 분노와 경멸이 일었다. 니콜라를 한참 만에 다시 보는 게 기뻤기에 나는 그때 더욱 마음이 아팠다. 만일 "알았으면" 니콜라는 어떻게 했을까? 나는 정말 궁금했다. 내가 참지 못하고 물어보자 니콜라는 대답하지 않았다. 그냥 다시 나가 버렸다. 니콜라는 난간 아래 풀밭에 누웠다. 그는 우리 모두를, 특히 나를 원망하는 것 같았다. 그리고 어딘지 부자연스러워 보였다. 아마도 자기의 침묵에, 사소한 몸짓에, 그의 입에서 나오지 않는 첫마디에 잔뜩 신경을 곤두세우고 있는 우리 때문에 성가셨을 것이다. 조금 전에 나에게 질문을 던지는 니콜라의 눈을 보면서 나는 그에게는 그 어떤 분명한 생각도 없음을 알아차렸다. 제롬은 빨리 죽지 않고 버텼다. 우리가 어쩌자고 니콜라의 상태를 계속 엿보았을까? 어쨌든 니콜라는 결혼식 다음 날 혹은 밀을 수확하고 난 다음 날처럼 '이유 없는' 슬픔으로 슬펐다. 일을 이미 해내고 나서 더 이상 하지 않아도 될 때, 자신의 손을 쳐다보며 슬퍼지는 법이다.

니콜라는 자기가 제롬과 싸운 진짜 이유가 절대 알려지지 않으리라 확신했다. 그러니까 불안할 게 없었다. 그저 제롬과 클레망스가 같이 잤다는 사실을 떠올리기만 하면 제롬을 죽이길 잘했다고 생각할 수 있었다. 그가 제롬에게 증오심을 품게 된 다른 모호한 이유들과 달리 그 사실만큼은 분명했다. 그 일을 계속 떠올리고, 의혹이 들 때마다 그 생각을 하면 될 터였다. 니콜라는 자신이 절대적 권리를 지닌 일을 했을 뿐이었다. 그런데 우리가 나서서 니콜라가 형사 처벌을 받지 않도록 보호하면서 마치 우리가 그에게 그 권리를 준 것처럼 구는 셈이었다. 그 권리의 순수성을 해치면서 동시에 즐거움을 망친 것이다. 우리가 차라리 부주의하게 굴었으면 니콜라는 기분이 좋았을지 모른다.

"뤼스 바라그예요!" 클레망스가 목소리를 낮추며 외쳤다. 나는 믿을 수가 없어서 마당 쪽으로 난 문으로 가서 확인했다. 정말로 뤼스 바라그가 말을 타고 뷔그 농장 길을 올라오고 있었다.

나는 제롬에게 달려갔다. 그는 머리에 땀이 흥건했다. 그리고 더 이상 아무것도 바라지 않았다. 아무것도 요구하지 않았다. 계속 비명만 질러 댔다. 나는 이마의 땀을 닦아 주면서 이제 좀 조용히 하라고, 말이 일 다 끝내고 돌아왔으니까 소리 내지 않겠다고 약속하면 지에에 가서 의사를 데려오겠다고 했다. 제롬이 조용해졌다. 이따금 다시 입을 벌렸다가도 내가 약속을 들먹이면 다시 조용해졌다.

　나는 손가락을 제롬의 축축하고 차가운 이마에 대어 보았다. 그는 내 손길 아래서 죽어 갔다. 제롬은 이제 구원의 가능성을 잃어버린, 버려진 사물이었다.

*

　뤼스가 돌아갔다. 세 남자는 저녁을 먹기 위해 식탁에 앉았다. 클레망스가 말없이 음식을 내오고 내갔다. 그들은 제롬의 비명에 상관없이 먹었다. 그 순간에 세 남자는 비슷했다. 모두 제롬의 비명에 귀를 닫았다. 모두 배고팠다. 니콜라도 먹었다. 그들의 머리 위에서 전등이 흔들거렸고, 세 남자의 등이 하나로 겹쳐진 그림자가 장식 없이 텅 빈 벽 위에서 춤을 추었다. 아빠가 나에게 말했다. "가서 의사 좀 데려오너라, 프랑수." 아빠는 오전에만 해도 심각한 일이 아니라고 생각했지만, 이제 분명히 안 것이다. 어떻게 모를 수 있겠는가. 아빠는 소금 전에 제롬을 보러 갔고 몽상에 젖은 듯한 얼굴로 돌아왔더랬다. 그리고 식탁에 앉으며 나에게 의사를 데려오라고 말한 것이다. 나는 아빠를 보면서 한 가지 일을 떠올렸다. 10년 전에 제롬이 여섯 달 만에 파리에서 돌아왔을 때였다. 제롬은 하던 일이 잘 안 되었고, 우리에게 남아 있던 돈을 다 써 버린 뒤 빈털터리로 돌아왔다. 하지만 이틀날 제롬은 자신감을 되찾았고, 전과 다름없이 아빠 앞에서 잘난 척하며 건방지게 굴었다. 아빠는 무엇 하나 눈여겨보는 것 같지 않았고, 아무 말도 하지 않았다.

　결국 내가 지에로 갔다. 날이 저물어서 길이 캄캄했다. 리솔강을 따라 4킬로미터를 가야 했다. 마는 온종일 일한 뒤에 다시 4킬로미터를 가고 싶어 하지 않았다. 하지만 마는 힘이 좋았고, 더구나 나를 등에 태우고 가는 즐거움에 저항하지 못했다. 나는 5년 전부터 마를 탔고, 마와 나는 서로를 잘 알았다. 날씨가 더웠다. 달은 뜨지 않았지만, 조금 지나니까 앞에 펼쳐진 곧고 하얀 길이 잘 보였다. 계곡의 작은 농가들이 켜 놓은 불빛도 도움이 될 터였다.

절반쯤 가서 나는 잠시 마를 세웠다. 마는 길가의 풀을 뜯기 시작했다. 들쳐 올린 내 치마 아래 맨살의 허벅지에 닿은, 헐떡거리는 마의 축축한 근육질 옆구리가 느껴졌다. 의사한테 뭐라고 말해야 할까? 나는 닥치면 설명할 말이 저절로 생각나리라 확신했다. 제롬은 이제 지난 일이었다.

어둠 속에서 꽤 지체했던 것 같다. 마는 나를 등에 태운 채로 허리를 흔들면서 풀을 뜯으러 이리저리 돌아다녔다. 나른해진 나는 고개를 옆으로 돌리고 마의 목덜미 위에 엎드렸다. 들판이 너무도 고요했다. 식탁에 앉은 조용하고 잘생긴 티엔의 모습이 떠올랐다. 저녁 식사 내내 아무도 나에게 말을 안 했다. 아빠가 의사를 데려오라고 말한 게 전부였다. 티엔과 니콜라는 나에게 눈길 한 번 주지 않았다. 나는 이따가 티엔의 방에 올라가 보리라 결심했다. 오늘 저녁 같으면 아무도 신경 쓰지 않을 터였다. 나는 모두 무심한 척하면서 의사를 기다릴 뷔그의 남자들을 떠올렸다. 어서 의사가 와서 그들의 기다림을 끝내야 했다. 그들에게는 너무 독한 포도주였다.

마가 목적지를 향해 다시 달리기 시작했다. 어둠 속에서 다른 농장 사람들은 "베르나트네 딸이겠군"이라고 짐작할 테고, 길을 스칠 듯 말 듯 지나가는, 규석에서 불꽃이 튀게 만들며 춤추는 마의 발굽 소리를 들으며 잠이 들 것이다. 오늘 저녁, 이따가, 티엔. 그날 내 살에 닿던 마의 양 옆구리가 기억나고, 동시에, 마와 비슷한, 마처럼 따뜻한 티엔이 기억난다.

가는 길에 아무도 마주치지 않았다. 나는 계속 마 위에 엎드려 있었고, 내가 자기를 잊고 있음을 알아차린 마는 조금 살살 달렸다.

*

의사는 아주 젊었다. 늙은 의사는 작년에 죽었다. 우리는 이 젊은 의사를 본 적이 없었다. 그는 나에게 자기 차를 같이 타고 가자고 했다. 나는 말을 타고 왔다고, 내가 앞장서서 가겠다고 했다. 그가 물었다. "삼촌한테 무슨 일이 일어난 거죠? 뭘 챙겨 가야 할지 알아야 해서요." 나는 암말이 세게 발길질을 하는 바람에 간이 있는 부위를 다쳤다고 했다. 그러자 의사는 언제 그랬는지 물었다. "오늘 아침에요." 내가 대답했다. 의사는 우리 집에 가게 된 것이 흥미로운지 이것저것 떠들었다. 역시나 그는 이미 베르나트 가족에 대해 알고 있었다. 뷔그 농장도 마찬가지였다. 사실 길 쪽에서 보면 오래된 뷔그 농장은 박공지붕이 무척 아름다웠다. 나는 그의 집 식당에 들어가 있었고, 그는 옆에 붙은 진료실에서 말했다. 그의 목소리가 맑게 울려 퍼졌다. 내가 왔을 때 그는 저녁 식사를 마치는 중이었다. 아직 치우지 않은 식탁 위에 책 한 권이 펼쳐진 채로 아무렇게나 놓여 있었다. 식당은 새로 수리를 해서 흰색으로 깨끗했다. 옆의 부엌에서 하녀가 정리하는 소리가 났다. 왕진 가방을 준비하는 의사를 기다리는 동안에 갑자기 피로가 밀려왔다. 나는 벽 앞에 놓인 의자에 주저앉아서 옆에 있는 부엌 장에 머리를 기댔다. 놀랍게도 바로 그 순간에 문득, 근거는 알 수 없지만, 확신이 들었다. 우리에게 일어난 일은 중요한 일이 아니었다.

사실 그것은 우리가 너무도 오랫동안 기다리던 일이었다. 내가 밤이면 꿈꾸던 일이었다. 나는 그 일이 일어나서 우리를 자유롭게 해 주기를 꿈꾸었다. 다른 식구들도 꿈꾸지 않았을 리 없었다. 나는 오늘 오전부터 이미 믿었다. 그 일이 일어났다고 믿었다. 기분이 좋았다. 그런데 문득 그동안 내가 그저 그 일을 꿈꾸기만 했다는 생각이 다시 들었다. 제롬의 죽음은 무엇일까? 지금 위에서 비명을 지르고 있는 제롬과 함께 우리의 자유가 겨우 시작되었다.

나는 느닷없는 피로감에 눈을 감았다. 의사가 내 앞에 불쑥 나타났다. "왜 그래요, 베르나트 양?" 의사는 금속 테 안경을 썼고, 입가에 부스럼이 났고, 잘 빗은 금발 머리가 반들거렸다. 나는 제롬이 상태가 아주 안 좋다고, 내가 보기에 가망이 없는 것 같다고 말했다. 의사는 잠시 생각에 잠기더니 마의 발길질에 대해 몇 가지 질문을 했다. 그리고 모르핀을 챙겼다. "혹시라도 간이 파열되었을까 걱정이군요. 평소에 술을 많이 마셨나요?" 조금 전과 다른 어조였다. 무심해 보였다. 나는 제롬이 술을 마신다고 대답했다. 그러면서 이미 알지 않느냐고, 이곳 사람들은 다 안다고, 누구나 안다고 덧붙였다.

마와 자동차가 같이 출발했다. 나는 빨리 달렸다. 의사에게 뷔그가 보이는 곳에서 기다리라고, 숲으로 들어가는 길이 열 개나 있어서 교차로에서 길을 찾기 힘들다고 말했다. 사실은 나보다 먼저 도착해서 제롬의 방에 들어간 의사에게 제롬이 니콜라와 싸운 얘기를 할까 봐서였다. 제롬이 떠벌리지는 않을 테지만, 그래도 걱정이 되었다.

마는 불만이었다. 먼저 도착해 있는 자동차에 다가갈 즈음에는 입에 거품을 가득 물었다. 의사가 나를 기다리고 있었다. 나는 말에서 내려 마를 들여보낸 뒤 의사와 함께 뷔그를 향해 올라갔다. 언덕 위의 평지에 이르자 제롬의 비명이 들리기 시작했다. 나는 마치 집에 어린아이를 남겨 두고 온 기분이 들었다. 목소리가 제롬 같지 않았다. 비명이 점점 커졌다. 비명이라기보다는 단말마의 숨을 헐떡이는, 배 속에서 긁어내는, 마지막 수치심마저도 벗어던진 날것의 소리였다. 그 소리가 우리가 있는 곳을 지날 때 흡사 주변의 공기가 구겨지는 것 같았다. 난처했다. 의사가 갑자기 걸음을 멈추었다. 그가 내 팔을 잡더니 귀를 기울였다. 캄캄한 어둠 속에서 의사의 동그란 금속 안경테가 반짝였다. 그가 거침없이 말했다. "세상에, 헐떡거리고 있잖아요! 저건 죽어 갈 때 내는 소리예요. 왜 더 일찍 찾아오지 않았죠?" 나는 의사에게 제롬은 마음이 아주 약한 사람이니까 겁먹게 하지 말아 달라고 부탁했다. 최악의 사태를 피해야 했다. 제롬은 겁을 먹지만 않으면 쓸데없는 말을 하지 않을 터였다.

식당에서 혼자 기다리던 티엔이 일어섰다. 그는 두 손을 주머니에 넣은 채로 의사에게 인사도 없이 밖으로 나갔다. 화가 난 것이다. 내가 자기를 제롬의 비명 소리 속에 내버려 두었기 때문이다. 티엔이 나갈 때 나는 그가 나를 버리고 가 버리는 기분이 들었다.

아빠와 엄마는 제롬의 방에서 상처에 습포를 대어 주고 이마를 조심스레 두드리며 땀을 닦아 주고 있다. 의사가 인사를 한 뒤 제롬을 진찰했다. 제롬의 얼굴은 누르튀튀했다. 입술과 눈꺼풀이 부어올라 나머지 얼굴과 구분되지 않았다. 베개에는 땀이 흥건했다. 제롬은 이를 부딪히며 떨었다. 의사가 나에게 다시 물었다. "언제부터 이랬죠?" 나는 사실대로 말했다. "오늘 오전이요." 제롬의 눈길은 의사를 따라다녔다. "너무 아파요, 선생님. 끔찍하게 아파요, 여기가." 제롬이 자기 옆구리를 가리키며 말했다. 의사가 셔츠를 들어 올렸다. 간 부위가 시퍼레졌고 아주 많이 부어올라 있었다. 의사가 손을 가져다 대자 제롬은 더 세게 울부짖었다. 의사가 셔츠를 내렸다. 그는 천천히 왕진 가방에서 주사약을 꺼내더니 제롬에게 주사를 놓았다. 그리고 5분 동안 의사와 제롬이 서로 쳐다보고 있었다. 아빠와 엄마는 밖에서 기다렸다. 의사가 미소를 지으며 제롬의 손목을 만지작거렸다. 그의 얼굴에 확신의 만족감이 번졌다. 제롬의 눈까풀이 떨리기 시작했고, 비명 사이로 혀로 입술을 핥기만 하는 침묵이 끼어들었다. 제롬의 비명은 서서히 산 자들의 소리의 표면으로 올라왔다. 의사가 나에게 속삭였다. "모르핀이에요." 제롬의 신음이 점점 가라앉으며 마치 기지개를 켜듯 감미롭게 밤의 어둠 속으로 늘어졌다. 그러다 마침내 멎었다. 제롬이 잠들었다. 나는 이불을 당겨 덮어 주었다. 의사와 나는 방을 나와 식당으로 갔다. 의사가 나를 돌아보며 말했다. "그냥 말씀드릴까요? 부모님께 얘기할까요? 그냥 말해도 괜찮은가요? 삼촌분은 가망이 없어요. 원하신다면 페리괴로 이송할 수는 있지만, 소용없어요." 나는 잠시 그와 이야기를 나누었다. 졸음이 밀려왔다. 굳이 의사와 말할 필요가 없었다. 나는 의사 때문에 난감했다. 그는 나밖에 아무도 보이지 않는 것에 놀랐다. 내 생각에도 아빠와 엄마는 와 있어야 했다. 나는 의사에게 부모님은 연로하고 지친 상태라고 말했다. 그는 모르핀 앰플 몇 개와 주사기를 주면서 사용법을 설명했다. 더 할 일은 없나요? 없습니다. 나는 고맙다고 인사를 했다. 의사가 갔다.

나는 집 안의 문들을 닫았다. 불을 껐다. 아무도 나오지 않았다. 나는 올라가기 전에 부모님 방에 들렀다. 아빠와 엄마는 방 한가운데 덩그러니 놓인 커다란 침대에 누워 있었다. 아빠와 엄마는 서로 등을 돌리고 잤다. 나는 잠든 아빠 엄마 곁에 잠시 머물렀다. 엄마는 40대에 나를 가졌다. 아빠가 거의 쉰 살이 다 되었을 때였다. 늙은 부모였다. 엄마의 머리카락에서는 늘 바닐라 향내가 났다. 아빠는 잠잘 때도 깨어 있을 때와 똑같았다. 아빠의 잠은 곤충의 잠과 마찬가지로 조심스럽고 눈에 잘 띄지 않았다. 열린 창문으로 어두운 안마당이 보였다. 밤이 깊었다.

*

밤중에 제롬이 다시 비명을 지르기 시작했다.

제롬은 숨을 거둘 때까지 매일 밤 주사의 효능이 떨어지기 시작하면 다시 괴로워하며 비명을 질러 댔다. 그 소리에 모두 잠이 깼지만, 아무도 불평하지 못했다. 일어나는 사람도 나밖에 없었다. 내려가 보면 제롬의 몸은 얼음처럼 차갑고 땀에 흠뻑 젖어 있었다. 어둠 속에서 깨어난 그는 죽을지도 모른다는 공포에 사로잡혀 있었다. 그럴 때 그의 입에서 헐떡이는 숨결 사이로 가장 다정한 이름들이 흘러나왔다. 제롬은 내가 자기에게는 '우리 예쁜 프랑수'였다고, 오직 나만 자기를 이해해 줬다고 했다. 나는 주사를 놓아 주고 잠시 옆에서 기다렸다. 약의 효과가 나타나기 시작하면 제롬이 수줍게 미소 짓기도 했다. 그러면 나도 미소를 지어 보였고, 그러면 그는 더는 두려워하지 않았다. 제롬은 아무것도 먹지 못해 수척해졌다. 지금 생각하면 마지막 며칠 동안에 그는 고통을 느낄 힘조차 없었다. 그래도 두려움 때문에, 내가 내려와서 옆에 있게 하려고 계속 비명을 질렀을 것이다.

어느 날 저녁, 제롬이 잠들기 전에 내 손을 잡더니 공증인을 불러 달라고 했다. "공증인이 왜 필요해?" 내가 물었다. 그는 그야말로 무일푼이었다. 제롬은 더 조르지 않았다. 이튿날 그는 소용없는 일임을 알면서도 다시 공증인을 불러 달라고 했다. 아마도 내 대답을 계속 듣고 싶었던 것 같다. 내가 어차피 죽지도 않을 사람한테 공증인이 왜 필요하냐고 생각하는 것이라는 막연한 희망 때문이었다.

의사가 한 번 더 왔다. 사람들은 제롬이 마의 발길질에 차였다고 믿었고, 그의 상태가 어떤지 궁금해했다.

며칠이 지났다. 겉으로 보기에는 매일 똑같은 하루였다. 하지만 제롬의 죽음은 바짝 다가왔다. 하루가 갈수록 제롬의 죽음이 가까워졌다. 우리가 오래전부터 기다려 온 일이었다. 그때 우리가 얼마나 고집스럽고 또 얼마나 조심스럽게 제롬의 죽음을 입에 올리기를 피했는지 기억난다. 마치 서로 믿지 못하고 경계하는 것 같았다. 하지만 반대로 우리는 그 어느 때보다도 견고하게 하나로 뭉쳐 있었다.

남자들이 밀밭 일을 마치고 돌아왔다. 이어 숲에서 장작을 팼다. 겨울 준비를 시작해야 했다. 이미 8월이 끝나 가고 있었다.

나는 티엔의 방에 올라가지 않았고, 티엔도 나를 보려 애쓰지 않았다. 니콜라는 티엔과 클레망스에게만 말을 했다. 식사 때가 아니면 아예 볼 수도 없었다. 나머지 시간에는 평소처럼 일했다. 식구들 때문에 짜증이 나는 것도 덜해졌다. 제롬이 숨을 거두기까지 유예된 시간이 니콜라의 행위를 펼쳐 보였고, 덕분에 니콜라는 자신이 저지른 행위에 익숙해지고 그것을 인정하게 되었다. 만일 제롬이 곧바로 죽었더라면 그 갑작스러움 때문에 니콜라가 후회에 빠졌을 확률이 더 컸다. 반대로 유예 시간이 길어지면서 니콜라는 제롬이 죽지 않을지도 모른다는 생각을 떠올리기도 했다. 그러면 아쉬움이 밀려왔고, 결국 자기가 죽이지 못했다 해도 어차피 제롬은 죽어야 할 사람이라는 사실을 깨닫게 되었다.

니콜라와 제롬이 싸움을 벌인 뒤 정확히 아흐레째 되는 날이었다. 제롬은 열 번째 날이 시작되는 밤에 죽었다. 그날은 제롬이 밤새 날 한 번도 부르지 않았다. 아침에 깨어나 창밖으로 동트는 광경을 보면서 나는 그의 죽음을 알 수 있었다. 나는 티엔에게 갔고, 우리는 함께 내려갔다. 제롬은 죽었다. 입이 벌어졌고, 주인에게 잊힌 가느다란 두 손이 몸 양쪽에 늘어져 있었다. 흐르던 땀도 멈췄다. 비명을 질러 대던 때와 달리 얼굴의 붓기가 빠졌고, 머리가 목에서부터 무겁게 늘어져 있었다. 침대는 제롬의 마지막 몸짓이 흩트려 놓은 상태 그대로였다. 이제 제롬의 방은 거대한 정적이었다. 나는 제롬의 죽음이 나의 죽음이나 티엔의 죽음과는 멀게, 우리가 늘 상상하는 죽음이라는 것 자체와도 멀게 느껴졌다. 그 죽음은 밤이 막 시작되는 무렵에 일어난 듯했다. 이제 제롬은 끔찍하지 않았다. 그는 죽었다. 다시 말해 죽음의 위협에서 영원히 벗어난 사물이었다. 제롬은 우리를 떠났고, 혼자서 해냈다. 나를 부르지 않았다. 그래서 그가 잠든 채로 멍한 상태에서 죽음을 맞았는지 아니면 죽기 전에 정신을 차리고서도 나를 부르지 않았는지는 알 수 없었다. 어쨌든 제롬이 마지막 순간에 우리를 무시했을 수 있다고 생각하니 나는 더는 그가 원망스럽지 않았다.

티엔과 나는 시트를 올려 제롬의 몸을 덮어 준 뒤, 몸을 침대 가운데 옮기고 두 손을 옆에 가지런히 붙여 주었다. 나는 제롬의 벌어진 입이 다물어지도록 티엔과 함께 손수건으로 그의 얼굴을 감싸서 묶었다. 제롬의 몸은 무거웠다. 특히 머리가, 다리와 무릎과 다름없이 그저 무게가 되어 버린 머리가 무거웠다.

나는 커튼을 열었다. 티엔은 그럴 필요 없다고 말했지만, 열지 말라고 막지는 않았다. 나는 문득 그의 침묵이 평상시의 침묵과 다르다는 사실을 깨달았다. 그것은 정말로 할 말이 없는 침묵이었다. 티엔은 내가 있는 창가로 다가왔다. 막 동이 트고 있었다. 식구들은 아직 일어나지 않았다. 티엔과 나는 우리가 절대 찾지 않는 야생의 정원을 바라보았다. 나무들 사이로 푸른 안개가 깔려 있었다. 앞쪽으로 보이는 좁은 오솔길을 따라서 밤에 핀 자그마한 붉은 장미들이 해가 떠오르길 기다리고 있었다. 새들은 벌써 지저귀기 시작했다. 우리는 식구들을 깨울 생각을 하지 못했다. 티엔의 얼굴이 내 얼굴 바로 곁에 와 있었다. 하얀 아침 빛이 그의 얼굴에 얼룩을 만들었다. 티엔이 먼 곳을 바라보는 동안 나는 아주 가까이서 그의 얼굴을 보았다. 그의 입은 반쯤 벌어져 있고, 입술 사이로 숨결이 계속 지나갔다. 그의 호흡이 공기 속으로 가벼운 김을 내뿜었다. 그의 머리카락에서 마치 밖에서 자고 온 사람처럼 새벽 냄새가 났다.

나는 티엔에게 부엌에 가서 커피를 마시자고 했다. 아직 아무도 안 일어났다. 아무 소리도 들리지 않았다. 불현듯 우리는 외로웠다. 티엔이 갑자기 다가오더니 내 허리를 잡고 힘껏 껴안았다. 그래놓고, 그랬으면서, 그 뒤로 며칠 내내 나한테 말을 걸지 않았다. 티엔이 춥지 않으냐고 물었다. 몇 초 동안 나는 아무 생각도 할 수 없었다. 이상한 것들이 내 눈앞을 지나갔다. 벨기에의 소도시 R……, 고요한 도시들, 적막한 광장들, 바다. 잠시 후 우리는 말없이 커피를 마셨다.

노엘이 울었다. 집 안에 발소리가 들렸다. 나는 티엔에게 지에에 가서 의사를 불러 달라고, 사망 확인과 장례를 위한 절차가 필요하다고 말했다. "그렇네. 생각 못 했어." 티엔이 대답했다. 클레망스가 노엘을 안고 내려왔다. 노엘은 방글거렸다. 클레망스는 막 침대를 벗어난 그대로였다. 뻣뻣한 머리카락이 어깨 위에 아무렇게나 흘어져 있었다. 그녀는 매일 아침 해 온 대로 나에게 물었다. "어때?" 나는 제롬이 죽었다고 알려 주었다. 클레망스는 노엘을 의자에 내려놓고 곧 자리를 떴다. 노엘은 여전히 방글거리면서 식탁보의 장식 술을 만지작대며 놀기 시작했다.

*

아빠와 엄마는 거실에 나란히 앉아 있었다. 사람들의 조문 인사에 거의 아무런 대답도 하지 않았다. 아빠와 엄마는 매번 주제를 바꾸려고 애썼다. 하루가 끝날 무렵에 엄마가 말했다. "누구누구가 안 왔고 또 누구누구도 안 왔구나." 결국 엄마는 이튿날도 아침부터 다시 아빠와 함께 거실에 앉았다. 그들은 다시 이웃들을 맞이했다.

우리는 원래 그 거실을 거의 사용하지 않았다. 그 거실을 볼 때마다 나는 아빠가 시장을 지낸 벨기에의 소도시 R……이 떠올랐다. 지금부터 19년 전, 잊지 못할 연회가 끝나고, 검은색 떡갈나무 팔걸이가 달린 저 안락의자에서 아빠가 나를 무릎에 앉히고 머리카락을 쓰다듬어 주며 말했다. "프랑수, 우린 프랑스로 가야 한단다."

엄마가 준비한 그날 연회에는 시청에서 일하는 사람들 외에는 아무도 오지 않았다.

악사 세 명이 커다란 응접실 한쪽 구석에서 바이올린으로 폴카를 연주했다. 아빠가 제일 먼저 시 의회 의장의 아내와 춤을 추었다. 하지만 다른 사람들은 아무도 따라나서지 않았고, 결국 족히 15분 동안에 아빠와 그 여자 둘이서만 춤을 추었다. 그 여자의 얼굴이 지금도 기억난다. 아빠의 팔에 안긴 여자는 살짝 취한 듯이 아빠가 이끄는 대로 움직였지만, 불쾌한 기색이 역력했다. 시청 직원들은 딱 한 번 춤을 춘 뒤 샴페인에 입술을 적시고는 곧바로 떠났다. 그들은 가면서 아빠와 함께 춤춘 뒤 비장한 표정을 짓고 있는 시 의장의 아내를 둘러쌌다. 악사들은 가벼운 식사를 했다. 커다란 응접실에 우리 식구 넷만 남았다. 그 뒤의 일은 나도 알지 못한다. 니콜라와 나는 안락의자에서 잠들었다. 아침에 눈을 떠 보니 아빠와 엄마는 전날과 똑같은 자리에 그대로 앉아 있었다. 그들은 머리를 가만히 고정한 채로 나지막한 소리로 이야기를 나누었는데, 가끔 들리는 말소리마저 없었으면 야회복 차림으로 눈 뜨고 잠들어 있다고 믿을 만했다. 이따금 아빠가 혹은 엄마가 전날의 연회에 대해 나지막한 목소리로 말했다. 시청 직원들에 대한 섭섭한 마음은 조금도 드러내지 않았다. "말도 안 돼, 말도 안 돼……." 엄마가 말했다. "맞아." 아빠가 대답했다. 엄마가 다시 말했다. "나노 숙모님이 준 귀걸이가 몇 개인지 확인도 못 했는데." 그러자 아빠가 말했다. "생각했던 것보다 훨씬 많더군." 그러다가 한순간 아빠가 내뱉은 말이 지금도 기억난다. "시내에서 사람들 눈에 띄지 않는 게 나을 것 같아. 당신은 밤 기차를 타도록 해."

나는 눈을 반쯤 감고 있었다. 내가 깨어났다고 알릴 용기가 나지 않았다. 창문에는 이미 가을 아침이 모습을 드러냈고, 전등들은 어젯밤에 켜 놓은 그대로였다. 하인들은 단 한 명도 보이지 않았고, 집 안이 고요했다. 화분들 뒤로 악사들이 앉았던 의자들이 보였고, 그들이 먹고 난 뒤 아직 치우지 않은 탁자가 빛 속에서 반짝였다. 그리고 아빠가 말했다. "제롬한테 같이 가자고 해."

그때 나는 제롬이 한 달 전에 아빠를 주식 투자에 끌어들였고, 빚을 갚아야 할 처지가 된 아빠가 시의 자선기금에 손을 댔다는 사실을 알게 되었다. 그리고 그 일이 사람들에게 알려졌다. 아빠가 지역 경찰의 조사가 시작되기 전에 그 돈을 메우지 못한 것이다. "죄를 지은 건 제롬이 아니니까." 엄마가 말했다. 아빠는 맞는 말이라고, 제롬의 죄는 아니라고, 제롬에게 주려고 공금에 손을 댄 건 시장인 자기라고 말했다. 제롬은 할 수 없고, 그러니 하지 않았을 일이었다. 하지만 제롬은 해 달라고 요구했다. 그야말로 미친 사람처럼 날뛰면서 졸랐다. 물론 거절했으면 끝날 일이었다. "제롬이 이사를 잘 도와주겠지." 아빠가 말했다. "당장 내일 앙베르[1]로 가야겠네. 당분간은 나노 숙모의 귀걸이들로 버티고." 엄마가 말했다.

아빠는 10년째 R……의 시장이었다. 하지만 아무런 대책도 없이 앞날을 맞아야 할 때 그 10년이 무슨 의미가 있었겠는가. 그때

---

[1] 벨기에 북부에 있는 안트베르펜의 프랑스식 이름이다

나는 아주 어렸다. 하지만 나는 곧, 아마도 바로 그날 아침에 아빠와 엄마가 자신들에게 닥친 불행에서 그 어떤 허영도 끌어내지 않을 것임을 알아차렸다. 그들은 그냥 불행을 받아들였고, 괴로워하지 않았다. 그저 회복하려고, 사태를 수습하려고 애썼다.

결국 나는 깨어난 기적을 했다. 일어서서 아빠에게 다가갔다. 그리고 아빠 앞에 멈춰 섰다. 아빠는 한참 동안 아무런 움직임 없이 나를 바라보았다. 엄마 역시 아무 말도 하지 않았고, 손가락 한 번 움직이지 않았다. 그사이 해가 완전히 떠올라서 햇빛이 바닥 양탄자 위의 먼지들과 놀기 시작했다. 아빠는 야릇한 눈길로 나를 쳐다보았다. 아빠의 눈길은 내 얼굴에서 시작해서 맨살이 드러난 장딴지로, 이어 무도회 원피스 속에 가려진 평평한 가슴으로 옮겨 갔다. 아빠는 하룻밤 사이 명예에 흠집이 간 정도가 아니라 타락한 시장이 되어 버렸다. 더는 시청 강당에서 연설을 할 수 없었고, 도시를 대표하는 어깨띠를 맬 수도 없었다. 길에서 마주치는 사람들의 인사도 더는 받을 수 없었다. 다른 곳으로 떠나야 할 사람이 되었다. 어린 딸은, 여전히 자기 두 팔이 남아 있고 살아야 하는 날들이 남아 있듯이, 여전히 남아 있었다. 그동안 시장 직무 때문에 바빠서 딸을 잘 볼 수 없었던 아빠에게 갑자기 그런 생각이 떠올랐고, 그 순간 아빠는 전날부터 꽉 잡고 있던 안락의자에서 손을 떼고 나를 무릎에 앉혔다.

19년 전의 일이다. 그 이후로 우리는 뷔그를 떠나지 못했다. 난 곧 스물여섯 살이 된다. 제롬이 죽은 뒤로 시간이 굉장히 더디게 갔고, 나는 어릴 때를, 그날의 장면을 몇 번이나 떠올렸다. 사실 문상을 위해 천천히 나무들 사이로 걸어 올라오는 사람들을 쳐다보는 것 말고는 다른 할 일이 없기도 했다. 아빠와 엄마는 여전히 거실에 나란히 앉아 말이 없었다. 거실 안은 워낙 그늘이 짙게 깔려서 밖에서 들어오는 사람의 눈에는 앉아 있는 부부가 눈에 잘 안 띄었다. 아빠와 엄마는 말을 거의 하지 않았고, 사람들은 그 침묵이 점잖은 행동이라고 생각했다. 조금 당황스러운 듯 손님들은 거실 밖으로 나와 재빨리 나와 악수를 한 뒤 돌아갔다.

*

둘째 날, 지에서 제롬의 관이 왔다. 4시경이었다. 손님들은 없었다. 입관을 위해 식구들을 다 부르라고 했다. 하지만 아빠와 엄마, 그리고 나뿐이었다. 티엔과 니콜라는 나가고 없었다. 일하러 간 게 아니라 바람 쐬러 간다고 했다. 클레망스는 아마도 방에서 울고 있을 터였다. 클레망스는 지난 13일 동안, 누군가 자기를 떠올려 주기를 기다리며 쉴 없이 방에서 혼자 울었다.

우리는 관을 가져온 남자들을 제롬의 방으로 데려갔다. 덧창을 닫아 놓은 탓에 방 안이 몹시 더웠다. 관에서 왁스 칠 한 나무 냄새가 났다. 어깨 자리가 넓고 다리 쪽으로 점점 좁아지는 형태의 관이었다. 남자들은 제롬의 몸에 씌워 둔 것을 벗긴 뒤 관에 집어넣었다. 제롬의 몸은 뻣뻣했다. 굳기 시작한 것 같았다. 남자 중 하나가 침대 협탁에 받침 접시처럼 생긴 성수 그릇과 회양목 가지를 내려놓았다. 관을 닫는 일만 남았다. 그가 엄숙한 표정을 지으며 말했다. "다른 가족은요? 성수를 뿌려야 해요." 남자들은 우리가 한 명씩 제롬에게 성수를 뿌리기를 기다렸다. 아빠와 엄마는 어떤 태도를 취해야 할지 몰라 어정쩡하게 서 있었다. 어깨를 구부정하게 굽힌 모습이 노인들 같기도 하고 어린애들 같기도 했다. 아빠 엄마가 생각해보지 않은 문제였다. 나는 두 사람이 제롬에게 성수를 뿌리지 못하리라 직감했다. 그렇다고 뿌리지 않겠다고 결정할 수도 없었다. 아빠와 엄마는 남자들 앞에서 이러지도 저러지도 못하는 자신들의 모습이 부끄러웠지만, 하겠다고 동의했다면 감당해야 할 부끄러움은 그보다 훨씬 컸을 것이다. 나중에 나는 아빠 엄마가 왜 그렇게 망설였는지 다시 생각해 보았다. 이웃 사람들의 조문을 받아들였듯이 회양목 가지를 들어 제롬의 몸 위에 성호를 그으면 그만 아닌가. 하지만 그들은 마치 손이 묶여 버린 것처럼 꼼짝하지 못했더랬다. 설사 두 남자가 저녁까지 기다렸어도 아빠와 엄마가 성호를 긋는 일은 일어나지 않을 터였다. 나름의 위선이었을 수도 있다. 어쨌든 아빠 엄마는 무슨 일이 있어도 제롬의 죽음을 두고 회한의 말을 내뱉지 않을 것이었다. 두 사람은 거짓말을 한 적이 없다고 자부해 왔고, 지금까지 손님들을 맞은 태도에 대해서는, 어쨌든 제롬이 죽었으니 피할 수 없는 것이었다고 믿었을 것이다. 그렇게 생각하면서 양심의 가책도 피할 수 있었으리라. 그런데 제롬의 죽음을 무관심하게 지켜봐 놓고 이제 와서 성수로 축복하는 일은 감당하기 힘들었다. 그것이 아무리 자연스러운 일이라 해도 아빠 엄마는 예순 살을 넘긴 지금 거짓을 받아들일 수는 없었다. 그 일을 하고 나면 더는 평온한 마음으로 살아가지 못할 게 뻔했다. 아빠와 엄마는 그것을 알았다. 그래서 꼼짝하지 않았다. 나도 마찬가지였다. 나는 아빠와 엄마가 절대로 성수로 축복하지 않을 것임을 알았다. 게다가, 성수로 축복하고 나면 이미 오래전에 버린, 더 이상 의미가 없는 종교의 성호를 그어야 하지 않는가.

상황을 끝맺기 위해 내가 나서서 두 남자에게 그냥 다음 일을 해 달라고 했다. 그들은 관을 닫고 뚜껑을 봉했다. 방에서 니스 칠한 떡갈나무 냄새가 났다. 매끈한 나무 속으로 구리 나사가 박히는 소리가 들렸다. 남자들은 능숙하고 정성스럽게 일을 해냈다.

그러고는 준비해 온 상당히 높은 받침대 위에 관을 얹었다.

나는 막 일어난 일들이 무엇을 의미하는지 이해하지 못했다. "자, 다 됐습니다." 그들이 말했다. 그러고는 모자를 벗으며 인사한 뒤 떠났다. 그들이 타고 온 용달차가 출발하는 소리가 들렸다. 나는 앞으로는 제롬을 볼 수 없다는 사실을 깨달았다. 남자들이 나간 뒤 우리 셋이 멍하니 서 있었던 게 기억난다. 셋 모두 같은 이유로 마음이 불편했다. 이제 제롬의 얼굴을 마지막으로 한 번 더 볼 수 없었다. 그 순간 나는 관 뚜껑을 닫겠다고 좀 더 엄숙하게 예고하지 않고 그냥 제롬과 영원히 헤어지게 만든 남자들에게 화가 났다. 우리는 마음의 준비가 안 된 채로 이별을 맞았다. 제롬을 한 번만 더 보았더라면 그가 우리에게 어떤 의미였는지 확실하게 알 수 있었을 텐데. 귓속에서 나사가 나무에 박히던 소리가 점점 불쾌하게 되살아나는 바람에 나는 자리를 뜰 수 없었다. 그러다가 마침내, 설령 한 번 더 보았더라도 그러고 나면 다시 또 마지막으로 한 번 더 보고 싶었으리라는, 어차피 마지막은 없다는 생각이 들었다. 나는 받아들이고 제롬의 방을 나섰다. 더는 볼 수 없게 되기 전에 마음먹고 한 번 더 보지 않았다는 사실이 제롬이 나에게 남긴 유일한 회한이었다. 하지만 나는 누구에게라도, 그 누구의 죽음에라도 똑같은 회한을 느꼈을 것이다.

　이틀 밤 동안 마을의 나이 든 여자들이 관 주위에 앉아 명복을 빌어 주었다. 여자들은 아무 말도 하지 않았다. 그저 날이 밝으면 클레망스와 내가 내온 차를 마신 뒤에 돌아갔다. 마을의 늙은 여자들은 원래 그렇게, 리솔강 부근의 농지에서 초상이 나면 빼놓지 않고 찾아와서 무심하게 밤샘 기도를 했다. 두 명 혹은 세 명씩 짝을 지어 왔고, 매번 다른 사람이 왔다. 차례를 정해서 모두 왔다. 검은 치마를 입은 여자들은 아침이 되면 조금 수척해지고 많이 가벼워져서 집으로 돌아갔다.

*

　장례식 전날, 새벽 4시경에 클레망스가 나를 깨웠다. 그녀는 옷을 다 차려입고 있었다. 한 손에는 여행 가방을 들고 또 한 손에는 노엘을 안고서, 조용히 내 이름을 불렀다. 그리고 말했다. "내가 여기서 더 살 수 없다는 걸 넌 이해할 거야, 프랑신. 난 페리괴에 있는 언니 집으로 갈래." 나는 노엘은 어떻게 할 생각이냐고 물었다. 클레망스는 안 그래도 그것 때문에 너무 힘들다고, 잘 모르겠다고 대답했다. 클레망스의 눈에서 굵은 눈물이 떨어져 가슴까지 흘러내렸다. 클레망스는 그동안 마음고생을 너무 많이 한 탓에 약간 얼이 빠진 듯했다. 자기 때문에 일이 벌어졌는데, 기다린 벌이 오지 않았기 때문이다. 클레망스는 자기가 뷔그에서 계속 살 수 있을 테지만, 어차피 우리에게 일말의 애정도 기대할 수 없음을, 아이를 데리고 혼자 살아야 함을 깨달았다. 그러느니 떠나기로 한 것이다.

제롬과 클레망스가 어떻게 눈이 맞았는지 나는 단 한 번도 상상해 보지 않았다. 그들은 다락방에서 사랑을 나누었고, 우리 눈을 피했다. 클레망스는 배가 보드랍고, 아직 젖이 나오는 가슴은 작았고, 기운이 부족해서 금방 지쳤다. 나이 들어 가던 제롬은 클레망스가 착해서 끌렸을 것이다. 초라하게나마 그들이 뷔그에서의 삶을 견뎌 낼 수 있게 해 주던 것을 내가 무너뜨렸다. 왜 그랬을까? 그들이 위에 숨어 있다는 사실을 더는 알고 싶지 않았다. 니콜라가 제롬을 죽이기를 바란 것은 아니고, 그냥 제롬을 쫓아내고 싶었다. 하지만 막상 일이 벌어진 뒤에는 내가 정확히 어떤 것을 원했는지 혼란스러웠다. 졸음이 밀려왔다. 제롬과 클레망스의 관계를 내가 왜 니콜라에게 알렸을까? 나는 언젠가 알게 되리라고 확신했다. 우선은, 그냥 졸렸다. 깊이 생각하고 싶지 않았다.

나는 클레망스를 붙잡지 않았다. 돈을 조금 주었고, 노엘을 두고 가라고 했다. 니콜라는 불행했고, 그러니 아들이 필요했다. 클레망스는 어리둥절한 표정으로 나를 쳐다보았다. 그러다가 갑자기, 마치 수면에 던진 돌이 만드는 파문처럼 얼굴이 커졌다. 클레망스는 황급히 노엘을 나에게 건네더니 곧바로 뛰어나갔다. 이어 서둘러 계단을 내려가는 소리, 마당을 가로지르는 소리가 들렸다. 그러고는 끝이었다. 나는 클레망스에게서 제롬을 빼앗았고, 니콜라 곁에 남으라고 붙잡지도 않았다. 바보 같은 클레망스는 자기가 데려가겠다고 한번 우겨 보지도 않고 노엘을 나에게 넘겨주었다. 잠시 나는 클레망스가 밤의 어둠 속에서 지에까지 4킬로미터를 혼자 뛰어가는 모습을 상상했다. 하지만 오랫동안 생각할 수는 없었다. 억지로 클레망스에게 연민을 느끼려 해 봐도 소용없었다. 지금껏 한 번도 안 된 일이 오늘 밤이라고 성공할 리는 없었다. 마찬가지로 나는 지금은 물론 나중에도 클레망스가 이곳에서 한 일을 원망하지 않을 수 있었다. 그리고 이곳의 모두가 나와 같았다. 사실 클레망스가 언니 집에 가도록 두는 게 가장 좋은 방법이었다.

나는 잠시 노엘을 안고 있었다. 클레망스와 니콜라의 아이. 이 아이를 어찌해야 할까? 아침이 될 때까지 어디에 눕혀 놓아야 할까? 피곤했다. 니콜라에게 아들을 데려다주고 싶었지만, 한밤중에 깨웠다가는 짜증이 난 니콜라가 왜 클레망스가 가게 두었느냐고 비난할 게 뻔했다. 반대로 자고 일어나서 알게 되면 내 결정이 옳았다고 생각할 터였다. 해방된 느낌이리라. 일단은 내가 노엘을 데리고 있어야 했다. 노엘은 소리 지르며 울었다. 겨우 새벽 4시였다. 어떡할까? 어떡할까? 노엘을 내 침대에 눕힌 뒤 나는 아이를 보지 않기 위해 벽쪽으로 돌아누웠고, 울음소리를 듣지 않기 위해 두 손으로 귀를 막았다. 정말이지 삶은 혼란스럽다. 분노가 치밀었다.

혼란, 권태, 혼란. 그것은 포도 수확을 하던 어느 날 저녁에 니콜라가 클레망스를 임신시키면서 시작되었다. 서서히 혼란에 혼란이 꼬리를 물고 이어졌고, 우리는 그냥 떠밀려 갔다. 변화가 일어나리라는 생각만으로도 미리 겁이 났고 권태가 밀려왔다. 니콜라도 부모님도 모두 그랬다. 불현듯 나는 나의 분노를 알아차렸고, 나 역시 혼란 속에 있음을 깨달았다. 혼란이 갑자기 내 몸속에서 솟구쳤다. 그 혼란을 둘러싸고 있는 권태는 캄캄했고, 영원히 끝나지 않을 밤이었다. 나는 내 나이를 생각했고, 이 집에서 자고 있는 사람들 전부의 나이를 생각했다. 그러자 시간이 마치 쥐 떼처럼 달려와서 우리를 갉아 먹는 소리가 들렸다. 우리는 먹기 좋은 곡식 알갱이였다. 되는대로 살아온 지 스물네 해째였다. 시간이 가면 집안일이 질서를 되찾으리라 기대하며 살아왔다. 시간이 갔다. 혼란은 오히려 더 커졌다. 심지어 이제는 영혼과 피까지 혼란스러웠다. 우리는 절대 나을 수 없을 것 같았고, 나으리라는 기대도 하지 않았다. 우리는 자유로워지길 원하는 법조차 잊었고, 행복을 꿈꾸지만 진짜 행복이 닥치면 짓눌려 버릴 몽상가, 방탕한 인간이었다. 제롬이 죽고 나니 클레망스가 남았다. 클레망스가 떠나고 나니 노엘이 남았다. 그리고 우리의 가난이 남았다. 스물네 해 묵은 우리의 무기력이 남았다. 그래도 우리는 스스로에게 만족했고, 우리가 불가능한 삶을 살아갈 운명을 지녔다고 계속 믿으려 했다.

식구들은 자고 있었다. 늘 그렇듯이, 분명 그랬다. 모두 자기 침대에 누워 자고 있고, 나만 깨어 있었다. 늘 똑같았다. 노엘이 내게 있다. 노엘, 그 혼란과 권태에서 태어난 아이. 모든 게 끝난 지금 다시 생각해 보면, 그때 나의 분노는 곧 나 자신을 향했다. 내가 왜 그런 생각을 했는지, 왜 그 생각을 버리지 못했는지 화가 났던 것이다.

나는 노엘을 티엔에게 올려 보내기로, 조금 전에 내가 혼돈과 권태의 산물로 여기며 넘겨받은 아이를 다시 넘겨주기로 했다. 나는 노엘을 안고 티엔에게 올라갔다. 내 팔에 안긴 노엘은 잔뜩 화가 나서 몸에 힘을 주며 크게 울어 댔다. 티엔은 이미 울음소리에 잠이 깼을 것이다. 티엔은 양손으로 머리를 받친 채로 누워서 담배를 피우고 있었다. "무슨 일이야?"

나는 클레망스가 떠났다고, 내가 아이를 놓고 가라고 했다고 말했다. 그리고 노엘을 어떻게 하면 좋겠냐고 물었다. 그러면서 내가 말하는 사이 침대에서 반쯤 일어나 앉은 티엔의 몸을 보았다. 어쩌자고 저렇게 아름다워서 지금처럼 화가 난 상태에서도 내가 쳐다보지 않을 수 없게 하는가. 어쩌자고 저렇게 매력적이어서 나를 당혹스럽게 하는가. 어쩌자고 저리도 침묵으로 가득 차서 그 앞에서 하는 모든 말이 거짓말이 될 수밖에 없게 만드는가. 티엔이 미소 지었다. 그의 얼굴은 계속해서 늙었다 젊어졌다 했고, 내 마음속에는 빛과 어둠이, 시원한 기운과 더위가 번갈아 왔다.

어떻게 티엔이 날 사랑할 수 있을까? 나는 내 나이가 백 살은 된 것 같았다. 나는 불행한 시절에 태어났고, 그 어떤 것도 나 자신만을 위해 바랄 힘이 없었고 앞으로도 그럴 터였다. 티엔은 어느 날 이곳에 왔고, 그대로 머물렀다. 왜 우리 집에 머무는지에 대해 몇 가지 이유를 말해 주기는 했지만, 그 어느 것도 진짜 이유일 수 없었다. 티엔은 무엇 때문에 훌륭한 가족을 떠나 이런 골치 아픈 가족들 틈에 머무는 걸까? 아침의 신선한 숲 향내 같은 얼굴을 가진 티엔이 왜 나에게 욕망을 느끼는 걸까? 왜 아름답지도 않은 나를 억지로라도 미소 짓게 만들려 할까?

티엔은 노엘이 한밤중에 깨서 배가 고픈 것 같다고 말했다. 그리고 웃옷을 걸쳤다. 나에게는 가서 자라고, 자기가 부엌에 내려가서 우유를 좀 먹이고 나서 아침까지 자기 침대에 재우겠다고 했다.

나는 노엘을 티엔에게 두고 돌아와 다시 자리에 누웠다. 도무지 다시 잠이 오지 않았다. 몸이 마비된 느낌이었다. 내 몸은 머리에 조용히 매달려서 그 어떤 것도, 내 목소리까지도 듣지 않겠다고 굳게 결심한 것 같았다. 반면 나의 머리는 흥분한 각성 상태에서 제멋대로 달아났다.

넓은 정원의 전나무들 아래 하늘이 뿌옇게 밝아 왔고, 종들이 울렸다. 나는 이따금 티엔을 잊고 전혀 기억하지 못한다. 그럴 때면 티엔은 의미 없는 존재가 되고, 나는 그의 얼굴 윤곽도 목소리도 떠올리지 못한다. 그가 나와 아주 가까이, 위의 삼층 방에 있는데도 그랬다.

동이 트면서 사방에서 어둠이 무너졌다. 밤이 영원할 줄 알았는데. 잠을 좀 자 둘 걸 그랬다. 다시 저녁이 올 때까지 새로운 낮, 드넓은 낮이 또 펼쳐지지 않겠는가. 모두 건너가 버렸다. 이미 저편으로 건너가서 심연에 빠졌다. 비워진 날들이 그 심연 속에 쌓여 갔다. 제롬의 죽음도 가 버렸다. 내 삶도 그러하리라. 세월을 따라, 내 나이를 따라, 진짜 안으로 들어서지는 않으면서 질질 끌려가는 내 삶도.

장례식 날 아침이다. 언제 세상이 멈출까? 언제가 되어야 죽은 사람을 저렇게 정성스럽게 매장하기를 그만둘까? 어느 새벽이 지나야 내가 더는 티엔을 사랑하지 않을 수 있을까?

*

장례식에 사람이 많이 왔다. 우리가 잘 알지도 못하는 사람들도 있었다. 뷔그에 그렇게 많은 사람이 모인 것은 처음이었다.

관을 집 밖으로 내가서 검은색 용달차에 실었다. 오직 제롬만을 위한 차였다. 산 사람들이 탈 차가 두 대 더 있었다. 티엔과 니콜라까지 모두 갔다.

나는 노엘을 봐야 했기에 뷔그에 남았다. 날씨가 좋았다. 노엘은 여전히 자고 있었다. 나는 나가서 젖소 두 마리의 젖을 짰고, 마를 꺼내 주었고, 암탉과 토끼에게 먹이를 주었다. 지에의 언덕에서 클레망이 양을 치고 있었다. 그의 개가 짖어 대며 언덕을 뛰어다녔다. 곧 양털을 깎고 감자를 캐고 담뱃잎을 잘라 밤새 곳간의 커다란 탁자 위에서 건조해야겠구나 생각했다. 밀은 이미 거두었으니 페리괴에 가서 팔면 될 터였다. 일을 못 한 지난 보름을 따라잡아야 했다. 떠난 클레망스의 일을 대신할 사람을 구해야 할까? 먹을 사람이 둘 줄었으니 나 혼자 해 나갈 수 있을 것도 같았다.

나는 집으로 들어갔다. 공기 중에 꽃향기가 났다. 탁자는 모두 벽 쪽으로 밀려나 있고, 문도 다 열려 있었다. 나는 제롬의 방까지 갔다. 열쇠로 방문을 잠그고 열쇠를 앞치마 주머니에 넣었다. 그런 다음 노엘을 보러 티엔의 방으로 갔다. 노엘은 이미 잠이 깨서 기분 좋게 옹알대고 있었다. 방 안 가득 들어온 햇빛이 노엘의 촉촉하고 투명한 입술을, 장밋빛 그림자가 아롱거리는 두 뺨을 비췄다. 노엘의 눈동자 속에서 무지개색을 띤 햇살이 한여름 리솔강의 여울에서 반짝이는 것 같은 초록빛과 보랏빛의 수정을 만들어 냈다.

노엘의 옷을 갈아입히고 죽을 만들어 먹여야 했다. 어제저녁에는 이 아이 때문에 짜증이 났었다. 노엘이 나를 향해 팔을 뻗었고, 나는 노엘을 안았다. 내 얼굴에 닿는 볼의 온기와 가벼운 호흡이 느껴졌다. 따뜻한 건초 냄새가 났다. 노엘 베르나트, 스무 달 전에 생성되어 더없이 가련한 여자의 배 속에 자리 잡은 아이. 그 순간 내가 느낀 감정이 무엇이었는지는 잘 모르겠다. 나는 노엘을 꽉 껴안고는 더 세게 조이지는 않으려고 애썼다. 약하지만 그야말로 싱싱한 노엘의 힘과 강하지만 이미 늙어 가는 나의 힘을 섞으면서 나는 아마도 노엘과 화해하고 싶었던 것 같다.

나는 노엘을 입히고 먹였다. 그런 뒤에는 의자들과 탁자들을 정리해서 집 안에 평온과 질서를 되돌려 놓았다. 정오가 되었을 때 노엘을 데리고 밖으로 나갔다. 식구들이 돌아오려면 족히 세 시간은 더 있어야 했다. 지에서 점심을 먹고 걸어서 돌아오는 시간까지, 적어도 세 시간이었다.

나는 제롬의 방 열쇠를 주머니에 넣고 우물로 갔다. 마지막 과업을 행하자. 나는 뚜껑을 열고 열쇠를 던졌다. 오늘 저녁에 엄마가 혹은 니콜라가 제롬의 물건을 뒤지지 못하게 해야 했다. 얼어붙은 딱딱한 열쇠가 내 몸속으로 떨어지는 기분이었다. 열쇠가 우물 바닥에 닿는 소리가 났다. 제롬, 잘생기고 늘 가슴을 드러내 놓고 다니던 그는 더는 이 집에 나타날 수 없으리라. 제롬, 그는 우리와 식탁에 함께 앉았던 거만함이었다. 그는 기억을 남기지 못하리라. 끝났다.

나는 노엘을 데리고 곳간 뒤쪽에 빈터들이 있는 작은 숲으로 갔다. 그리고 식구들이 돌아오길 기다렸다.

노엘은 내 품에 안겨서 잠들었다. 그러다 한순간 배가 고픈지 손으로 내 젖가슴을 더듬었다. 자면서도 계속 그랬다. 그러다가 깨어났다. 우리는 함께 웃었다. 노엘은 다시 잠들었고, 내가 원피스 밖으로 꺼내 놓은 가슴에 매달려 젖을 빨기 시작했다. 그러다가 제대로 잠이 들자, 젖을 잊고 축축해진 입이 살짝 벌어졌다. 노엘이 내 젖을 빠는 가벼운 소리가 오래된 두터운 피로에도 불구하고 내 몸이 아직 젊다고 알려 주었다. 너무도 새로운, 아침의 생기가 담긴 전율의 유희가 몸을 관통하는 느낌이 좋아서 나는 혼자 웃었다.

그렇게 노엘이 나와 함께 있는 동안, 우리는 둘 다 좋았다. 머리 위로 푸른 하늘이, 발아래에는 언덕의 능선을 따라 나무가 무성

한 짙은 숲이 펼쳐졌다. 도중에 클레망이 양들을 우리에 들이는 모습도 보였다. 그의 개가 짖자 양들은 풀밭을 스치는 작고 부드러운 소리를 내며 이동했다. 내가 정말로 잠이 들었는지는 모르겠다. 꿈에서 나는 뷔그를 닮은, 오래전에 떠나온 느낌을 주는 경쾌한 풍경을 보았다.

다시 눈을 떴을 때는 식구들이 뷔그 길을 올라오고 있었다. 그들은 신기하게도 줄을 지어 걸었고, 이따금 한데 모였다가 떨어졌다 했다. 날이 저물기 시작한 터라, 걸어오는 이들의 모습이 움직이는 그림자 같은 형태가 불분명한 얼룩을 그렸다.

*

지에서 뤼스 바라그가 같이 왔다. 아침에 내가 니콜라에게 클레망스가 떠났다고 말했고, 니콜라는 뤼스에게 말했다. 아마도 그래서 뤼스가 왔을 것이다.

2년 전에 니콜라가 결혼한 뒤로 뤼스는 뷔그에 한 번도 오지 않았다. 이따금 찾아와도 말에서 내리지 않고 곧바로 돌아갔다. 잠시 니콜라에게 모습을 비추기만 하고 다시 가 버렸다. 니콜라도 뤼스를 붙잡지 않았다. 테라스에 팔꿈치를 괴고 서서 멀어지는 뤼스의 뒷모습을 바라보기만 했다. 때로 뤼스가 뒤돌아보았다. 뤼스와 니콜라는 멀리서 몇 초 동안 서로를 쳐다보았고, 뤼스가 말에 채찍질을 하면 니콜라는 조바심으로 짜증이 나서 창백해진 얼굴로 집 안으로 들어왔다. 그러고는 클레망스를 찾아 온 집 안을 돌아다녔다. 클레망스는 도망쳤다. 니콜라는 어두운 현관에서 클레망스를 찾아내

식당의 불 아래로 데려왔고, 니콜라가 아무 말 안 해도 클레망스는 떨었다. 언젠가 니콜라는 돌아가는 뤼스를 붙잡게 될 테고, 모두가 보는 앞에서 그렇게 할 터였다. 니콜라는 안락의자에 주저앉아 고개를 숙인 채 눈을 감았다. 클레망스가 두 팔을 늘어뜨린 채로 앞에 서 있었다. 클레망스는 고개를 드는 니콜라의 반짝이는 눈, 긴장한 얼굴을 보았다. 그녀의 촉촉한 입술이 부풀어 올랐다. 그 입술을 보면 뤼스의 입술이 생각났다. 클레망스는 울음을 터뜨렸고, 니콜라에게 뭘 원하느냐고 물었다. 니콜라는 그런 것 없다고 말했고, 노엘은 별일 없는지 혹은 이 집에서 지내기 괜찮은지 물었다. 자기가 1년 전에 결혼했다는 사실을 잊은 것 같다. 그런 순간에 니콜라는 클레망스에게서 연민이 담긴 놀라움 같은 것을 느꼈다. 사실 클레망스가 뷔그 생활을 감내하며 남아 있는 게 니콜라에게도 좋았다. 그 덕분에 니콜라는 현실적인 삶을 살고 있다고 느낄 수 있었고, 그는 바로 그 느낌이 놀랍고 신기했다. 하지만 클레망스는 도망가서 숨었다. 그녀는 부엌에 혼자 숨어서 흐느끼는 작은 소리로 니콜라를 욕했다.

지난 2년 동안 뤼스는 다가갈 수 없는 존재였다. 지독하리만큼 철저하게 자기 존재를 감추었다. 딱 니콜라가 자기를 잊지 않을 만큼만 모습을 드러냈다.

*

니콜라와 뤼스 사이에 어떤 말이 오갔기에 장례식 당일 저녁에, 클레망스가 떠나고 난 바로 다음 날에 뤼스가 뷔그로 돌아왔는지 나는 지금도 알지 못한다.

니콜라가 제롬이 마의 발길질에 다친 게 아니라 자기가 때렸다고 털어놓았을지도 모른다. 확실하지는 않다.

어쨌든 뤼스는 수치심도 없이 곧바로 달려들었다. 너무도 격렬하게 달려든 탓에, 피어오를 듯 말 듯 하던 수치심은 스스로를 수치스러워하며 다시 들어가 버릴 수밖에 없었다. 뤼스는 막 제롬을 죽인 니콜라를, 클레망스가 떠나면서 얻은 자유를 어떻게 써야 할지 아직 알지 못하는 니콜라를 곧바로 원했다.

모두 배가 많이 고팠기에 아직 해가 지지 않았는데도 저녁 식사를 시작했다. 천장의 전등 외에 니콜라는 벨기에에서 쓰다가 여기 와서는 한 번도 쓰지 않은 스탠드 등을 꺼내 밝혀 놓았다. 뤼스를 위해서였다.

우리는 통통한 암탉 두 마리를 잡았다. 잘 익은 닭고기에서 즐거운 냄새가 났다. 다들 종일 밖에 나가 있다 온 터라 배가 고팠고, 김이 피어오르는 들판의 지평선을 벗어나고 싶었다. 어디에도 시선이 고정될 자리가 없는 그 들판 대신, 손 뻗으면 닿을 수 있는 거리에 놓인 네 개의 벽에 둘러싸인 느낌이 필요했다. "곧 됩니다. 자, 남자분들, 조금만 더 기다려주세요." 뤼스 바라그가 말했다. 그러면서 웃었다. 검은 망토를 벗은 뤼스는 여름 원피스를 입고 있었다. 그녀는 키가 별로 안 크고, 날씬하고, 동그란 어깨가 부드럽고 환했다. 까만 머리카락이 목을 간지럽히며 쉴 새 없이 찰랑거렸고, 눈이 파랬고, 소리 없이 웃을 때마다 아름다운 얼굴의 뚜렷한 윤곽이 흐려졌다. 우리는 뤼스를 안다고 생각했다. 그녀는 어머니가 세상을 떠난 뒤 아버지 바라그와 남동생 둘과 함께 살았다. 부자였고, 하인들도 있었다. 뤼스의 손이 거칠어진 것은 오직 암말의 고삐 때문이었다. 여름이면 나는 이따금 이른 시각에 지에 쪽에서 뤼스를 만나서 같이 말을 달리기도 했다. 그녀의 하얀 얼굴, 푸른 눈 아래 아침 추위로 옅은 보라색이 된 입술은 내가 이미 아는 것이었다. 하지만 환한 빛 아래서 팔과 목덜미의 맨살을 드러낸 채 두 남자 사이에서 웃는 모습은 처음이었다. 그녀는 마치 말을 타고 가는 사람처럼 걸었다. 더없이 부드러운 몸짓이 바람을 일으키고 바람 냄새를 풍겼다. 뤼스는 우리를 둘러싸고 사방에 존재했다. 우리는 놀라고 어리둥절했다. 장례를 치른 그날 저녁에 우리는 뭐가 어떻게 되는지 알지 못했다. 그저 각자가 마음속으로 느꼈을 뿐이다. 오랫동안 이어 온 우리의 느림이 끝나고 다른 어떤 것이 다가오고 있었다. 조급함, 어쩌면 활기가 다가왔다.

식탁에서 뤼스는 우리에게 어떻게 웃을 수 있는지를 보여 주었다. 그녀는 먹으면서 태연하게 니콜라의 얼굴에 웃음을 쏟아 냈다. 니콜라는 억지로라도 진지한 표정을 지으려 애썼지만, 아주 사소한 핑계만 생겨도 곧 웃음을 터트릴 것 같았다. 더 이상 이전의 니콜라가 아니었다. 단지 나 때문에 조금 거북해했다. 니콜라는 무얼 쳐다보고 무슨 말을 해야 하는지, 손을 어떻게 움직여서 마시고 먹어야 하는지 알지 못했다. 그는 위험한 기쁨 때문에 숨이 막혔다. 말 한마디, 웃음 한 번, 참지 못한 손짓 속에 그 위험한 기쁨이 분출했다. 나는 저러다 니콜라가 죽을지도 모른다는 생각을 했다. 니콜라는 자연스러운 웃음의 물결에 뛰어들려고 애썼다. 그 물결이 제롬 사건 이후에 그의 숨통을 죄고 있던 체면과 자존심을 쓸어갈 기세였다. 그는 여기저기 둘러보았고, 뒤돌아보기도 했고, 떨리는 두 손도 눈이 찾는 것과 똑같은 것을 찾으려 애썼다. 뤼스가 그의 눈앞에 있었다. 니콜라는 여전히 뤼스를 찾았다. 뤼스가 있다는 사실을 믿지 못했다. 그의 눈에는 뤼스가 보이지 않았다. 어쩌면 니콜라는 자기가 제롬을 죽였다고 뤼스에게 한 번 더 말하고 싶었을 것이다. 다른 곳을 향하던 니콜라의 눈길은 수시로 허겁지겁 뤼스에게 돌아갔다. 그러다가 다시 마당을 향했고. 그곳에서도 뤼스를 찾았다. 그의 눈은 나무들 사이에 말을 탄 뤼스가 있는지 보려고 애썼다.

식사가 이어졌다. 뤼스는 말하면서 이따금 니콜라의 손을 잡았다. 니콜라는 손을 가만히 맡겨 두지 못하고 곧바로 빼 버렸다. 그러면 뤼스는 더 환하게 웃었다. 그녀는 니콜라가 좀 이상한 사람이라는 걸 자기는 오래전부터 알고 있었다고, 그래도 기쁘고 싶을 때 억지로 참을 만큼 이상한 사람은 아니라고 말했다. 그 말은 하지 말았어야 했다. 나는 니콜라가 냉정을 되찾을까 봐 두려웠다. 다행히 니콜라는 그냥 지나쳤다. 다른 사람들도 귀담아듣지 않았다. 뤼스의 말을 들을 때면 누구나 마치 음악을 들을 때처럼 열의와 방심이 섞인 상태가 되었다.

지난 몇 년 동안 뤼스와 니콜라는 서로의 입을 갈구했다. 니콜라가 결혼한 뒤로 둘 사이에는 결코 해결되지 않은 싸움이 소리 없이 이어졌다. 아직 그 싸움을 끝내고 싶지 않았던 니콜라는 뤼스를 조금 거칠게 대했다. 니콜라는 너무 빨리 행복해지고 싶지 않았고, 자신이 이미 행복하다는 사실을 외면하려 했다. 아마도 오래된 슬픔을 너무 빨리 떠나 버리면 회한이 남을 것 같아서였을 것이다.

뤼스는 별다른 뜻 없이 니콜라가 이상한 사람이라고 말했지만, 나는 그 말을 들으며 니콜라의 옛 모습을 떠올리지 않을 수 없었다.

"이상한" 사람. 때로는 노엘처럼 아기 모습이고 때로는 제롬과 싸우고 나서 땀 흘리고 몸을 떠는 모습인 니콜라, 모든 나이의 니콜라가 내 머릿속에서 그 단어 주위를 돌며 춤췄고, 멀어졌다가 계속 되돌아왔다. 그날 저녁 내가 본 니콜라는 마치 무용수처럼 날씬한 몸으로 몽상에 젖어 그 모호한 단어 위에 올라서 있었다. 이제 곧 니콜라는 행복 속으로 떨어지리라. 나는 니콜라가 나를 조금 기억해 주길, 나를 쳐다봐 주길 바랐다. 그저 내 손을 한 번 잡고 입 맞춰 주길, 말하자면 자기가 제롬을 죽이던 자리에 나도 있었음을 기억해 주길 바랐다. 그날 오전의 일을, 우리 둘만의 것인 우리의 사랑에 관련된 무언가에 대해 이야기하듯 마지막으로 한 번만 함께 이야기하고 싶었다. 하지만 니콜라는 나를 쳐다보지 않으려 애썼다. 이제 니콜라는 뤼스한테만 그 일을 이야기할 터였다. 그래서 나는 기쁨 너머, 아주 멀리, 동생을 빼앗긴 쓸쓸한 몸이 느껴졌다.

그날 우리는 니콜라 이야기를 많이 했다. 결혼 전의 니콜라, 나도 등장하는 어린 시절의 니콜라 이야기였다. 뤼스는 우리가 뷔그에 오고 얼마 되지 않았을 때 여름 동안에 리솔강의 둑에서 만나던 일을 떠올렸다.

티엔이 포도주를 더 꺼내 오기 위해 일어섰다. 모두 갈증이 났다. 티엔도 조금 취한 것 같았다. 뤼스와 내가 니콜라에게 딱총나무 줄기로 피리 부는 법을 가르쳐 주다가 니콜라가 숨이 막힐 뻔한 일을, 그때 우리가 얼마나 겁을 먹었는지, 그렇게 겁을 내면서도 얼마나 악착같이 그 놀이를 계속했는지 얘기할 때 티엔은 마치 자기도 기억난다는 듯한 표정을 지었다.

아빠와 엄마는 내 양옆에 앉아 있었다. 그들은 거의 말이 없었다. 그냥 우리 얘기를 듣기만 했고, 그러다 우리가 뭔가 물어보면 대답했다. 아빠 엄마는 뷔그에서 지낸 우리의 유년기에 대해 별다른 기억이 없었다. 할 일이 너무 많아서 니콜라와 나에게 신경 쓸 겨를이 없었기 때문이다. 아빠 엄마보다 내가 니콜라의 이야기를 더 많이 기억했다. 나는 어느 누구보다 우리의 과거를 많이 기억했다. 그래서 내가 많이 말했다. 티엔도 대화에 끼어들었다. 우리와 함께 웃었다. 우리는 티엔이 뷔그에서 자라지 않았다는 사실을 잊었다. 티엔은 아마도 자기만의 추억을 떠올리며 웃었을 것이다. 하지만 자신의 추억에 대해서는 한마디도 하지 않았다. 그날 저녁은 니콜라를 주인공으로 만들어 주려 했다.

내가 말하는 동안 니콜라는 무관심한 척하면서 귀를 기울였다. 니콜라는 뤼스 곁에 바짝 붙어 앉았다. 단추를 푼 셔츠 사이로 드러난 매끈한 가슴이 빛을 받아 반들거렸다. 이제 니콜라는 팔이 뤼스의 팔에 닿아도 화들짝 떼지 않았다. 니콜라와 뤼스를 보고 있으면 안 그러려 해도 자꾸 옷을 벗은 두 몸이 같이 누워 있는 모습이 떠올랐다. 새까만 뤼스의 머릿결 옆에서 니콜라의 머릿결은 밝은 밤색으로 보였고, 몇 갈래 타래는 햇빛에 탈색되어 금발처럼 변했다. 니콜라와 뤼스도 포도주를 너무 많이 마셨다. 식사가 마무리될 때쯤에는 둘의 머리가 가까워져 서로 스치기도 했다. 마치 장난치는 두 마리 어린 짐승 같았다. 니콜라와 뤼스의 웃음 아래 그들의 입술과 치아가 햇빛을 받는 물건들처럼 반짝였다.

니콜라도 가끔가다 얘기를 했지만, 매번 이런저런 상황에서 뤼스도 우리와 같이 놀았다고, 뤼스도 그 자리에 있었다고 말하기 위해서였다.

나는 가끔가다 밖을 쳐다보았다. 숲이 어느새 새파래졌다. 다시 말해, 시간이 꽤 늦었다. 높이 솟은 삼각형 같은 검은색 전나무들의 꼭짓점이 난간과 같은 높이로 늘어서 있었다.

　잠시 후 클레망이 지에 언덕의 집으로 돌아가기 위해 마당을 지났다. 양젖을 담은 양동이를 들고 있었다. 클레망은 지나가면서 우리 여섯 명이 환하게 불 밝힌 테이블에 즐겁게 둘러앉은 모습을 쳐다보았다. 그러다 곧 고개를 돌렸고, 모자를 벗어 인사한 뒤 계속 걸어갔다. 나 말고는 아무도 클레망을 보지 못했다. 나도 오래 보고 있지는 못했다. 내가 이 테이블에 함께 있지 않고 사실은 저기 클레망 쪽에, 이미 어둠에 잠긴, 내 기억 속에 아주 먼 장소로 떠오르는 그 길 위에 있다는 게 드러날까 봐 두려웠기 때문이다. 식구들이 그렇게 긴 시간 동안 지난 일을 회상한 것은 그때가 처음이었다. 그날 뤼스에게, 뤼스를 위해 길게 이야기하는 동안 나는 내 기억 속에 쓸쓸히 누워 있는 과거를 느낄 수 있었다. 그런데 똑같은 과거가 니콜라와 뤼스에게는 환한 빛 속에 꽃피어 났다. 우리의 추억 속에서조차 니콜라는 나를 잊었다. 나는 혼자 있고 싶었고, 이제 말은 그만하고 나 혼자 마음대로 과거를 생각하고 싶었다.

　식사가 끝날 즈음, 티엔 역시 다른 생각을 하고 있었다. 그도 마당을 바라보았다. 티엔은 밤이 깊었다고, 뷔그에 있으면 세상 모든 일에서 멀리 떨어져 있는 것 같다고 했다. 그런 느낌이 오늘 저녁만큼 강했던 적은 없었다고도 했다.

　아빠와 엄마는 피곤해 보였고, 더 이상 우리가 하는 말을 듣지 않았다. 아빠는 자러 갔다. 미소 띤 얼굴로 이제 자기는 늙었다고, 밤새 앉아 있을 만큼 젊지 않다고 했다.

모두 따라 일어섰다.

니콜라, 티엔, 뤼스는 작업실로 갔다. 나와 엄마는 식당에 남았다. 엄마는 내가 집을 잘 치워 두었다고 칭찬했다. 그리고 제롬 방도 치웠느냐고 물었다. 나는 엄마를 안심시켰다. 그 방도 다 정리했다고, 특별히 신경 쓸 만한 게 없으니 나중에 겨울맞이 대청소 때 열어 보면 된다고 대답했다. 열쇠가 나한테 있다고, 나중에 열어 보자고 했다. 엄마는 고집부리지 않았다. 엄마는 피곤해 보였지만 자러 가고 싶지는 않아 보였다.

"와서 옆에 좀 앉으렴. 잠시만."

우리는 식당의 벽 쪽에 나란히 앉았다.

"네가 지난 보름 동안 나한테 아무 말도 안 한 것 알고 있니, 프랑수? 얘기할 시간이 없었지. 클레망스는 어디 갔니?"

나는 클레망스가 떠난 일을 몇 마디로 짧게 알렸다. 노엘은 내가 돌볼 거라고, 지금 위층에서 자고 있고 저녁 식사 전에 내가 먹이고 왔다고, 앞으로도 내가 노엘을 챙길 거라고 했다. 나는 클레망스가 페리괴로 가서 차라리 다행이라고도 했다.

"니콜라는? 니콜라는 이제 어떻게 하니? 그리고 프랑수, 넌? 이제 우리 삶이 달라지겠구나."

엄마는 빨리 말했다. 엄마는 문득 내가 아직 결혼을 못 했다는 사실을 떠올렸을 것이다. 엄마가 늘 내 결혼을 걱정한다는 사실은 나도 알았다. 하지만 엄마는 누구한테도 그 얘기를 직접적으로 꺼낸 적이 없었다. 제롬이 죽고 난 지금 엄마는 우리의 삶에 온갖 종류의 변화가 일어나리라는 생각을 한 것이다. 제롬이 죽었고, 그러니 이제 절대로 불가능한 일은 없을 테고, 마침내 내 결혼도 가능해지리라고 기대했을 것이다.

　엄마는 두 손을 내 손안에 넣었다. 그리고 곧, 평소에 늘 그러 듯이, 조금 전에 자신이 한 말을 잘 기억하지 못했다. 그러다 내가 손을 힘껏 잡아 주자 서서히 불안을 떨쳤다.

　엄마는 나이가 들면서 점점 말라 갔고, 검은색 타프타 원피스 를 입은 그날 저녁에는 다른 날보다 더 말라 보였다. 내 손가락 사이 로 나무뿌리처럼 마디가 굵고 거친 엄마의 손가락이 느껴졌다. 아주 작은 에나멜 편상화를 묶어 신은 두 발도 치마 아래로 드러났다.

　나는 제롬이 죽어서 슬프냐고 물었다. 슬프지, 당연하잖니. 엄 마가 대답했다. 불현듯 나는 엄마가 늙었음을 깨달았다. 하지만 내 눈에 엄마는 이미 전부터 늙었고, 모든 여자 중에 가장 늙어 보였다. 엄마는 벨기에 R……시의 추억 때문에 지난 스무 해 동안 주위에서 일어나는 모든 일에 무관심하게 살아왔다. R……시를 떠나온 뒤에 그곳을 생각하기 시작했고, R……시에서 미처 자각하지 못한 채 흘 려보낸 젊음을 쉼 없이 다시 생각했다. 때로 엄마와 아빠는 밤에 한 참 동안 그 시절 이야기를 했다. 뷔그로 옮겨 온 뒤에 엄마의 관심은 오로지 R……시의 추억들뿐이었다. 이따금 내 결혼 생각도 했지만, 그것은 걱정이라기보다는 호기심에 가까웠다. 내 생각에 엄마는 이 미 오래전에 마음속으로 자식들을 버렸다. 우아하기 이를 데 없는 자기만의 방식으로 그렇게 했다. 모든 것을 놓아 버린, 세상 물정 모 르는 순진한 상태에서만 스스로를 견딜 수 있었기 때문이다. 엄마는 흘러가는 날들의 반짝거림에 매혹당했다. 나는 오래전부터 그 사실 을 알았다. 우울한 날이든 즐거운 날이든 엄마는 슬퍼하거나 기뻐할 마음이 없었다. 행복하지도 불행하지도 않았다. 엄마는 우리와 함께 있지 않았다. 흘러가는 시간과 함께 있었고, 그 시간과 하나였다.

나는 어쩌다 엄마의 손을 만질 때마다 그 손의 우아함에 감탄했다. 그날은 먼저 작업실에 간 사람들이 나를 기다리고 있다는 사실까지 잊었다. 엄마의 눈은 아래로 향해 있어서 보이지 않았지만, 마음이 드러나지 않는 얼굴 위의 둥글고 부드러운 주름들이 엄마가 늙었음을, 엄마의 삶이 머지않아 끝날 것임을 말해 주었다. 엄마는 그런 것에 대해 생각하지 않았다. 지금 의자에 앉아 있는 것은 더 이상 엄마가 아니라 그저 엄마의 형상이었다. 나는 한여름 어느 날에 찾아올 엄마의 죽음을 생각했다. 단순하고 자연스러운 일이었기에 생각하기 힘들지 않았다. 나는 엄마를 제롬처럼 지에에 묻지 말고 이곳 아름다운 리솔강 계곡에 묻어야겠다고 생각했다.

엄마는 나에게 티엔과 결혼할 거냐고 물었다. 그러면서 우리는 사실 티엔이 어떤 사람인지 잘 모른다고 말했다. 티엔의 가족에 대해서도 아는 게 없으니까, 나를 결혼시키게 된다면 그 전에 적어도 한 번은 티엔의 가족을 보고 싶다고도 했다.

나는 엄마를 껴안았고, 티엔과 나의 관계가 어디까지 왔는지 알고 싶냐고 말했다. 엄마는 더는 말하지 않고 곧바로 다른 이야기를 했다. 그렇게 내가 이미 알고 있는 것을 얘기했다. 그러니까 뤼스가 지에에서부터 같이 왔고, 니콜라가 행복해 보인다고 했다. 클레망스가 떠나고 뤼스가 돌아온 것에 대해 내가 어떻게 생각하는지 엄마가 듣고 싶어 한다는 것을 알 수 있었다. 하지만 아무런 대답도 하지 못했다. 엄마도 침묵을 이어 갔다. 엄마도 나처럼 그 일에 대해 말할 수 없다고 생각했을 것이다. 그토록 오랫동안 자유로워지길 기다려 온 니콜라가 마침내 자유를 얻게 된 지금, 우리는 니콜라에게 아주 낯선 존재가 된 것 같았다. 나는 그동안 니콜라를 뷔그에 붙잡아 둔 것이 우리가 아니라 어쩌면 제롬일지도 모른다는 생각을 했다. 엄마 역시 그랬을 것이다. 제롬이 사라지면서 니콜라는 지금껏 지녀 온 인내심을, 기다림의 이유를 잃어버렸다. 그리고 막 새롭게 얻은 자유의 평계를 찾으려 애쓰는 순간에 뤼스가 나타났다. 뤼스는 니콜라를 어디까지 끌고 갈까? 니콜라는 언제쯤 자신이 오랫동안 기다려 온 게 뤼스가 아닌 다른 것이었음을 깨닫게 될까? 그렇다. 니콜라가 기다린 것은 뤼스가 아니었다. 광기로도 이성으로도 다다를 수 없는 다른 어떤 것이었다. 우리는 니콜라가 어떻게 될지 알 수 없었다. 엿보려 해 봐야 헛일이었다. 그래서 엄마는 나에게 더 묻지 않았고, 아빠가 기다리고 있는 방으로 돌아가고 싶어 했다. 아빠가 왜 빨리 안 오느냐고 엄마를 부르기도 했다. 엄마는 이미 니콜라 생각이 지겨웠고, 잠시나마 니콜라를 곁에 붙잡아 둘 생각을 한 것을 후회하는 것 같았다. 나는 엄마의 잔주름 안에, 빛바랜 눈꺼풀 위에, 머릿결에, 엄마 자신은 모르고 있지만 꽃향기 나는 자리에 입을 맞추었다.

엄마는 일어서서 식당을 나갔고, 잠시 후 엄마와 아빠가 전에 둘이 같이 갔던 어느 훌륭한 연회를 회상하는 목소리가 들렸다.

나는 부모란 우리에게 입 맞추고 냄새를 맡는 기쁨을 주는 존재일 뿐이라는 생각을 했다.

나는 작업실로 갔다.

뤼스와 니콜라는 소파에 나란히 앉아 있었다. 고개를 젖혀 벽에 기댄 탓에 머리카락에 가려져 있던 뤼스의 목이 그대로 드러났다. 그녀는 눈을 감고 있었지만, 눈꺼풀 너머로 무언가를 계속 바라보고 있었다. 잊혀진 옅은 미소가 입가에 맴돌았지만, 움직임 없는 얼굴에 어린 진한 피로감이 다 가려지진 못했다. 뤼스는 니콜라가 자기 귀에 대고 하는 말을 듣지 않았다. 마치 실재하지 않는 어떤 것을 생각하는 것 같았다. 그녀는 자기가 니콜라를 그렇게 오래 기다려 왔지만 언젠가 결국 그를 버리게 되리라는 사실을 이미 알았고, 그래서 미리 절망했을 것이다. 그녀는 줄곧 알고 있었다. 스스로에게 감추었을 뿐이다. 그러다 마침내 니콜라를 온전히 갖게 된 그날 저녁에 더 이상 외면할 수 없었을 것이다.

　니콜라는 경직된 두 팔을 몸에 붙인 채로 뤼스의 목 쪽으로 몸을 기울였다. 주먹을 펴고 소파에 얹은 그의 손이 뤼스의 손에 닿을락 말락 하면서 잡지는 못했다. 니콜라는 뤼스의 얼굴을 살피느라 오히려 그녀를 잊은 것 같았다. 그는 가라앉은 목소리로 뤼스에게 연달아 물었다. "뭐 하러 말을 타? 이렇게 늦게? 저녁에, 왜 늘 저녁에?"

　니콜라는 술을 마셨지만 조금 화난 듯 보이는 표정을 버릴 만큼은 아니었다. 그렇다고 뤼스를 품에 안아 버릴 만큼 취하지도 않았다. 니콜라는 뤼스가 자기와 함께 나갈 때를 기다리느라 지쳤다는 사실을 이미 알고 있었다. 나는 아마도 지금 니콜라가 악몽을 꾸고 있을지도 모른다는 생각을 했다. 뤼스가 거듭 말했다. "나 말 안 타고 왔어. 데려다줘야지."

　뤼스는 니콜라가 곤란해하는 상황을 즐길 만큼 니콜라를 모르지 않았다. 뤼스가 모르는 것은 자기 곁에서 함께 자란, 늘 가까이 있던, 하지만 남매 사이나 다름 없는 조심스러움 때문에 거리를 유지하던 젊은 남자의 몸이었다. 니콜라는 뤼스가 자기와 함께 나가고 싶어서 조급하다는 것을 알았고, 그래서 뤼스를 좀 더 잡아 두기 위해, 뤼스와 함께 길을 가기 전에 잠깐 쉬는 틈을 얻기 위해, 저녁 내내 쉼 없이 말한 것이다. 니콜라는 뤼스가 재촉하는 이유에 속지 않았다. 뤼스가 서둘수록 그는 불안했다.

지금 와서 생각하면 뤼스의 욕망은 니콜라의 욕망과 달랐다. 뤼스의 것은 원래부터 지녔던 욕망이 나중에야 스스로 드러낼 용기를 얻은 셈이었다. 뤼스는 니콜라에게 자신들이 서로를 욕망하고 있고, 남매처럼 느껴지는 거리를 이겨 낼 수 있다고 알려 주었다.

다시 말해 니콜라는 뤼스가 지체 없이, 아마도 내일의 기약도 없이 누리고 싶었을 쾌락을 망치고 있었다.

결국 기다리다 지친 뤼스가 니콜라를 끌고 나갔다.

그들은 인사도 안 하고 갔다. 8월의 뜨거운 밤 속으로 함께 나가 버렸다.

나는 작업실에 티엔과 단둘이 남았다. 티엔은 피아노에 앉아 한 손가락으로 건반을 두드리며 노래를 흥얼거렸다. 그는 뤼스와 니콜라가 나가는 소리가 날 때 나도 같이 나간 줄 알았다.

그러니까 티엔은 그곳에 자기 혼자 있다고 믿었다. 흥얼거리는 노랫소리가 더 커졌다. 나는 움직일 엄두가 나지 않아서, 작업실 가운데 아무 소리 내지 않고 가만히 서 있었다. 흐릿한 조명 아래 제일 안쪽에 돌아앉은 티엔의 등이 보였다. 그리고 머리카락이 작은 구리 조각처럼 뚫고 올라온 목덜미가 보였다.

보름 전부터 티엔은 나한테 말을 안 했다. 더는 나한테 관심이 없는 걸까? 그가 무슨 노래를 부르는지 나는 알지 못했다. 그런데 그 노래를 듣는 동안에 문득 삶이 마치 허물 벗듯 온갖 사건들을 벗어던졌다. 그리고 평화롭고 힘찬 삶이 나타났다. 혼자 있는 티엔을 본 것은 처음이었다. 그는 행복해 보였다.

우리는 티엔에 대해 아는 게 없었다. 나 역시 마찬가지였다. 나는 그가 머지않아 뷔그를 떠나리라 생각했다. 티엔이 떠난다 해도, 처음 이곳에 왔을 때와 마찬가지로 나는 그에 대해 아무것도 알지 못할 터였다. 티엔은 우리 이야기에 관심이 없었다. 그가 뷔그에 머무는 것은 오로지 자기가 좋아서, 우리와 함께 사는 게 좋아서, 우리가 결코 이해하지 못할 그 즐거움 때문이라고 했다. 이제는 나도 니콜라나 뤼스와 마찬가지로 그에게 중요하지 않게 된 걸까? 곰곰 생각해 보면 티엔은 내가 절대 자기를 사랑하지 않기를, 그냥 항상 그대로인 채로 자기 마음에 들기를, 아무도 아니기를 강요했다. 조만간 그는 나를 니콜라와 뤼스와 함께, 아무것도 아닌 것과 함께 남겨 두고 뷔그를 떠날 터였다.

나는 문득 그가 떠날지 말지가 중요한지, 나 역시 마음속으로 그가 곧 떠나기를 바라지 않는지 자문해 보았다. 지금 생각하면, 그때는 인정하지 않았지만 나는 티엔을 곧장 뷔그에서 쫓아내고 싶었다.

그곳에는 우리 둘밖에 없었다. 창밖은 캄캄했다. 짙고 감미로운 목련 향기가 들어왔다. 바람도 불지 않았다. 완전한 고요의 자락들 사이로 가지에서 떨어져 나온 목련 꽃이 어둠 속으로 떨어지는 소리까지 들리는 것 같았다.

나는 피아노에 앉은 티엔을 두고 나왔다. 그는 아무것도 알아차리지 못했다. 나는 티엔을 보러 가고 싶지만 아마도 가지 못할 터였다. 매일 저녁 그러고 싶었지만, 매번 엄두가 나지 않아서 다음 날로 미루었다. 나는 지에 언덕으로 가서 클레망이 비 오는 날을 대비해서 지어 놓은 오두막에서 자야겠다고 생각했다. 언덕 꼭대기에 있어서 아침에 그곳에서 내려다보면 지에까지 이어지는 리솔평야가 한눈에 들어왔다.

마당을 지나는 동안에 티엔의 노랫소리가 들렸다. 노래가 한동안 나를 따라왔다. 마당을 지난 뒤에도 노래는 여전히 내 곁에서 같이 걸으려 했다. 그러다가 노랫소리가 사라졌다. 대문을 나서 길 앞에 섰을 때는 오직 8월뿐이었다.

모든 나무들 뒤에, 모든 나무들이 하룻밤 사이 꽃을 피운 뒤에, 그다음에 8월이 피어난다. 8월의 절정에서 어떻게 버틸까? 1초의 짧은 순간에, 9월을 앞둔 8월의 현기증을 어떻게 겪을까? 숲, 밀이 익은 들판, 뜨거워진 절벽은 초자연적인 마비 상태 속에서 꼼짝하지 않았고, 그 품속에서 9월과 10월이 만들어졌다. 뷔그의 도랑에서 나는 냄새는 부패의 냄새, 8월의 냄새, 모든 달들의 냄새를 품은 냄새.

나는 아무도 아니었다. 이름도 얼굴도 없었다. 8월을 뚫고 가는 동안 나는 아무것도 아니었다. 내 발걸음은 아무런 소리도 내지 않았고, 그 어떤 것도 내가 있다고 말하지 않았다. 내 존재는 아무것도 방해하지 않았다. 협곡 아래서 8월의 것들, 죽음의 것들을 다 아는 살아 있는 개구리들이 울어 댔다.

우리는 티엔에 대해 잘 몰랐다. 넉 달 전 어느 날 아침에 그가 이곳에 와서 니콜라를 찾았다. 4월의 아침이었다. 나는 담배 순을 자르고 있었다. 그가 길에서 멈췄다. "여기가 니콜라 베르나트 집 맞나요?" 내 눈에 그는 키가 커 보였다. 얼굴도 목소리도 낯선, 모르는 사람이었다. 바람이 제법 부는데도 추워하는 것 같지 않았다. 숲에서 막 자고 나온 사람 같았다. 좋은 양복도 입고 있었다. 나는 그가 다가올 때까지 눈치채지 못했다. 그는 손에 아무것도 안 들고 있었다.

모르는 사람이 뷔그에 찾아온 것은 처음이었다. 가까이 사는 세 가족이 이따금 지나가다 들르는 것을 제외하면 우리를 보러 오는 사람은 아무도 없었다.

나는 담배를 만지느라 검게 물든 내 손을 쳐다보았다. 일하느라 바지도 아빠의 낡은 바지를 입고 있었다. 조금 창피했다. 나는 그에게 다가갔다. 바람 때문에 머리카락이 날려서 눈을 가리는 바람에 그를 잘 볼 수 없었다. 흰 태양 아래 서늘한 북풍이 불었다. 그는 조금 전 자기가 던진 질문을 잊은 듯했다. 내가 상기시켜 주었다. "니콜라 베르나트는 왜 찾아요? 여기가 맞긴 한데 왜 찾는 거죠?" 티엔은 대답 대신 담배 자르는 일이 오래 걸리느냐고 물었다. "오전 내내 했어요. 점심 먹고 나서도 해야 해요."—"그럼 그동안 니콜라 베르나트는 뭘 하죠?" 나는 니콜라는 아빠와 함께 밭에서 일한다고 대답했다. 그는 다시 나에게 내가 담배 자르는 일을 자주 하느냐고, 그 일을 좋아하느냐고 물었다. 나는 그의 질문들에 별다른 경계심 없이 다 대답해 주었다. 사실 그것은 대화라고 하기도 힘들었다. 중요할 게 없는 일상적이고 분명한 일들에 대한 말들이 이어졌다. 그는 그다지 집중하는 것 같지 않았고, 나도 건성으로 대답했다. 질문들이 워낙 단순해서 대답할 말을 굳이 생각할 필요도 없었다. 그래서 나는 얘기를 나누는 동안 그를 편하게 관찰할 수 있었다.

"니콜라에게 데려다줄게요." "좋아요." 그는 서두르는 기색 없이 나와 나란히 걸었다. 숲속으로 내려가니 찬바람이 더 거세졌다. 우리는 아무 말도 하지 않았고, 우리의 발소리만이 아침의 정적을 깨뜨렸다. 티엔은 이따금 나를 쳐다보았고, 그러다 고개를 숙이고 생각에 잠겼다. 그의 옆모습을 바라보면 고통스러울 정도로 아름다웠다. 그는 아직 무척 젊었다. 고개 숙인 그의 얼굴은 수축되었다 이완되었다 했다.

"당신이 프랑신 베르나트인가요? 난 니콜라 가까이, 그리고 당신 가까이 살려고 왔어요. 이쪽에 하숙할 집을 찾고 있어요." 나는 이유를 물었다. "페리괴에서 니콜라를 만났어요. 잠시 이야기를 나눴고요. 니콜라가 자기 얘기도 하고 누나 얘기도 했죠. 작년 일인데,

그 뒤로 여행을 하느라 곧바로 오지 못했어요. 하지만 이제 좀 오랫동안 머물러 볼 생각이에요." 거짓말이다. 저 말이 진실이라면 니콜라가 나한테 미리 말하지 않았을 리 없다. 둘이 만난 일을 나한테 숨겼다는 것은 그가 이곳에 오는 이유를 내가 이해하지 못하리라고 판단했다는 뜻이다. 순간적으로 나는 티엔이 숨어 있을 곳을 찾아왔다는 생각을 했다. 죄를 지었을 수 있고, 수많은 다른 가능성이 떠올랐다. 하지만 그 어떤 가설도 너무도 낯선 그의 태도와 맞지 않았다. 나는 이제 곧 니콜라가 일하고 있는 밭이 나올 거라고, 도착하기 전에 왜 다른 곳이 아니라 이곳에 왔는지 알려 달라고 했다. "당신을 알고 싶었어요." 우리는 걸음을 멈추고 한 발자국 정도 떨어져서 마주 보았다. 숲의 침묵이 우리 귓속에서 휘파람 소리를 냈다. 나는 그에게 어쩌자고 그런 생각을 했느냐고, 이곳에서는 곁에 아무도 없는 느낌일 거라고 말했다. 그는 아니라고, 그렇지 않다고, 설령 내 말이 맞다 해도 있고 싶다고 했다. "일요일 오후에도 할 일이 아무것도 없어요. 하루하루 저녁이 얼마나 긴데요. 근처에 카페도 하나 없고, 이웃도 없죠." 그가 빙그레 웃었다. 내가 하는 말에 흥미를 느낀 듯했다. "그럼 당신네 식구들은 어떻게 하죠? 당신은요?" 나는 우리 식구는 이미 익숙해졌다고, 그래서 심지어 일요일에도 지겨워하지 않는다고 말했다. 하지만 내 경우는 다르다고, 나는 이곳에 남기로 선택한 적이 없고 반대로 떠나겠다고도 선택하지 않았다고 했다. "그게 무슨 말이죠?" 설명하기 힘들었다. 나는 뷔그에서 살지 않을 수 있다는 생각을 단 한 번도 해 보지 못했다. 그래서 나는 지겹지 않았다.

지에 방향의 길이 시작되는 갈림길에서 나는 니콜라가 일하는 밭을 가리켰다. 바로 그날 저녁에 티엔은 우리 집에 묵기로 하고 엄마와 하숙비를 합의했다. 그는 짐을 가지러 페리괴로 갔다가 이튿날 돌아왔다. 여덟 달 전의 일이었다. 나는 니콜라에게 왜 티엔 얘기를 미리 안 했냐고 물어보았다. 니콜라는 그가 우리 집에 와서 머물 수 있다는 사실을 잊지는 않았지만, 확실하지는 않아서 괜히 내가 미리 알면 실망하게 될까 봐 일부러 말하지 않았다고 했다.

　　나는 이따금 티엔의 방으로 올라간다. 그가 왜 뷔그에 왔는지 그 생각을 몇 주 동안 잊기도 하고, 그러다가 다시 조바심이 난다. 나는 티엔에 대해 좀 더 알고 싶고, 모든 것을 알고 싶다. 안 그러려고 해도 참을 수가 없다. 나는 티엔이 왜 뷔그에 머무는지 알고 싶다. 그는 몇 달 동안 우리 집에 머물려고 왔다. 하지만 다른 곳이 아니고 왜 우리 집인가. 그의 대답은 단 한 번도 날 설득하지 못했다. 그는 니콜라한테 뷔그 얘기와 내 얘기를 듣고 온 거라고 되풀이해 말했다. 정말로 니콜라한테 들은 얘기 때문이라고, 절대로 자기의 삶에 일어난 행복한 혹은 불행한 사건 때문이 아니라고, 권태 때문도 아니라고 했다. 하지만 그가 굳이 뷔그에 와서 힘들게 사는 데는 분명 나 말고 다른 이유가 있을 터였다. 어느 날 저녁에 내가 그에게 말했다. "당신이 말없이 떠나 버리면 난 죽을지도 몰라." 여전히 내가 가끔 하는 생각이다. 티엔이 웃었고, 그러자 단숨에 그는 사람을 속수무책으로 만드는 어린아이가 되었다. 그는 내가 죽으려면 그보다 더한 게 필요하다고 주장했다. 나는 그에게 내가 아름답다고 생각하느냐고 물었다. 만일 티엔의 눈에 내가 아름다워 보인다면, 나에 대한 욕구 때문에 뷔그에 남아 있다고 믿을 수 있지 않겠는가. 하지만 티엔은 그 질문에도 대답하지 않았다. 설령 내가 아름답다고 말하지는 못해도 내 얼굴이 마음에 든다고는 말할 수 있지 않은가. 그 정도의 작은 확신만 얻어도 나는 티엔을 더 잘 알 수 있을 테고, 내 얼굴에서 시작해서 그의 이야기를 만들어 낼 수 있지 않겠는가. 하지만 티엔은 끝내 내 얼굴이 마음에 든다고 말하지 않았고, 나를 사랑한다고도 말하지 않았다. 그는 나를 품에 안았고, 우리는 그의 침대 위에서 포옹하고 있을 뿐이다. 그럴 때 나는 더는 아무것도 묻지 않는다. 우리는 더 이상 말할 수 없다. 우리 사이에 놓인 무지無知가 서서히 변한다. 무지가 무너지고 이해로 바뀌어서 우리를 그 자리에 못 박아 버리는 소리가 들린다. 나는 그가 나를 침묵하게 만드는 게 옳다는 느낌이 든다. 내가 왜 그에게 그런 질문을 했는지도 더는 알지 못한다.

제롬의 장례를 치르고 며칠 후에 나는 저녁 식사를 하고 나서 티엔의 방에 올라갔다. 티엔은 나에게 종일 무엇을 했느냐고 물었다. 특별히 한 일은 없었다. 그냥 노엘을 돌보았다. 티엔 역시 여전히 나에 대해 좀 더 알고 싶어 했다. 그가 곧바로 물었다. "제롬이 죽었지. 제롬이 클레망스와 연인이라고 당신이 니콜라한테 알려 준 거야?" 맞다. 그는 이미 알고 있었지만, 아마도 내 입으로 확인받고 싶었을 것이다. 니콜라가 제롬을 죽일지도 모른다는 생각은 못 했느냐고? 못 했다. 둘이 한바탕 싸우기를 간절히 바라기는 했지만, 그렇게 될 줄은 몰랐다. 싸우고 나면 제롬이 떠나리라고 생각했느냐고? 제롬이 뷔그를 떠난다는 생각은 해 본 적이 있다. 하지만 어떻게 떠나게 될지는 알지 못했다. 거기까지는 생각해 보지 않았다.

"지난 20년 동안 여기서 산 제롬이 정말로 자기 발로 떠날 거라고 생각했다고? 가진 것 없고, 여기 아니면 받아 줄 사람도 하나 없는데? 제롬은 절대 떠나지 않았을 거야." 아마도 맞는 말이었다. 하지만 그렇게 생각해 본 적은 없었다. 싸우다가 니콜라가 죽을지도 모른다는 생각은? 아니다. 제롬이 가끔 우리와 같이 일할 때 나는 니콜라와 제롬의 힘을 가늠해 보았다. 그런 일은 절대 불가능했다.

그날 아침에라도 두 사람이 싸우지 못하게 막을 수는 없었는지? 철길 위에서 두 사람을 떼어 놓는 건? 그러지도 않을 거면 뭐 하러 거기까지 따라갔는지? 해결할 것도 아니면서?

나는 그의 질문들에 놀랐다. 나는 이런 질문들을 받게 될지 몰랐다고 말했다. 그만 내 방으로 돌아가고 싶었다. 티엔이 나를 붙잡았다. 한 번도 그런 적이 없었는데, 내 어깨를 붙잡아 억지로 앉혔다. 차분하던 평소 모습이 아니었다. 티엔의 얼굴에 강렬한 호기심과 약간의 분노가 드러났다. 그 순간 나는 행복했다. 티엔의 손이 그토록 자유롭고 힘 있게 내 몸에 닿은 것은 처음이었다. 나는 조금 전 티엔이 한 말에 대해서는 깊이 생각하지 못하고 오직 그의 손만을 생각했다.

하지만 티엔은 계속 말했다. 솔직하게 대답해 달라고, 자기가 납득할 만한 행동으로 설명하려 애쓰지 말라고, 제롬의 죽음에 대해서 그가 원하는 그 어떤 설명도 없다고 했다. 나는 이 일에서 무엇이 진실인지 찾기 쉽지 않다고 대답했다. 하지만 그가 도와준다면, 그가 보기에 그럴듯한 설명을 제시해 준다면 나는 그 설명을 비교항으로 삼아 내 마음속을 좀 더 잘 들여다볼 수 있지 않겠느냐고, 그러면 나의 거짓이, 무의식적인 거짓까지 모두 무너질 테니, 그러면 내가 제롬을 니콜라에게 넘긴 이유를 찾기 쉬워질 것 같다고 했다.

"당신은 둘이 싸우게 될 걸 알았어. 당신이 니콜라를 부추겨서 제롬한테 싸움을 걸게 만들었지. 니콜라한테 제롬과 클레망스의 관계를 말해 줄 때, 그때 당신은 왜 그러고 싶은지 스스로 알고 있었어. 내가 알고 싶은 건, 둘이 싸우게 만들기로 결심한 이후에도 그때의 의도가 당신 마음속에 그대로 남아 있었는지야."

바로 그 순간에, 클레망스가 떠나던 날 노엘을 안고 티엔에게 갔을 때 그랬듯이, 그가 나를 사랑한다는 생각이 들었다. 그러지 않고서는 왜 나에 대해 저렇게까지 관심이 많은지 설명되지 않았다. 그러니까 평소에 티엔은 일부러 무관심한 척했을 뿐이다. 티엔은 니콜라와 제롬이 싸우던 날에 조금 전에 나에게 던진 질문들을 품었지만 답을 얻지 못했을 것이다. 티엔은 내 생각을 했고, 나에게 관심이 있었다. 티엔은 아마도 나 때문에 뷔그를 떠나지 못하고 있었다. 나는 티엔이 계속 말하기를, 나에게 대답을 강요하지 말고 밤새도록 나에 대해 말하기를 바랐다.

나는 잘 모르겠다고 대답했다. 니콜라가 넌더리 내는 것을 보고 싶었을 뿐 다른 분명한 의도는 없었다고, 그게 다였다고 말했다.

티엔이 말도 안 되는 대답이라고, 제대로 생각해 보라고 거의 고함치듯 말했다.

나는 티엔이 무엇을 원하는지 알 수 없었다. 대답할 말이 생각나지 않았다. 하지만 내가 그의 마음에 들지 않을지도 모른다는 두려움은 사라졌다. 그건 불가능했다. 내가 마음에 안 들 수는 없었다. 오히려 내가 점점 더 좋아진 게 분명했다. 티엔은 내가 어느 정도까지 자기 마음에 들 수 있는지 스스로 알기 위해서 나에게 캐묻고 있는지도 몰랐다. 그러느라고, 그와 동시에, 그는 자기 스스로에게 화를 내고 있었다.

"당신은 분명 제롬을 미워하지 않았어, 맞지?" 그렇다. 나에게 제롬은 중요한 사람이 아니었고, 나는 그를 미워할 수 없었다. 그러니까 나는 그를 죽일 수 없었다. 아무리 우리에게 많은 잘못을 하고 해를 끼쳤다 해도 그랬다. 우리가 지난 이십 년 동안 이곳에 틀어박혀 산 것은 제롬 탓이었다. 우리가 궁핍하게 산 것도 그랬다. 하지만 나는 그런 이유들조차 나에게는 중요하지 않다고 털어놓았다. 어차피 나는 그 어떤 삶도 부럽지 않았고, 다른 많은 삶들과 다름없이 우리가 이곳에서 꾸려 가는 삶이 나와 잘 맞는 것 같았다고 했다. 그러니까 나는 절대 제롬을 죽이지 않았을 것이다. 하지만 나와 달리 니콜라는 제롬을 죽일 수 있다는 사실을 알고 있었다. 결국 내가 하지 못할 테니까 니콜라한테 하게 만들었냐고? 아니다, 나는 아니라고 단언했다. "그러는 당신은 니콜라가 그럴 줄 알고 있었어?" 티엔은 물론 알고 있었다고 했다. 그가 보기에 니콜라는 제롬이 사라지시 않고서는, 그 일을 자기 손으로 해내지 않고서는 절대 살 수 없었다. 니콜라의 삶에서 제롬과 클레망스가 사라져야 했다고, 티엔은 나만큼이나 확신했다.

티엔은 내가 뤼스 바라그와 니콜라의 일도 생각했느냐고 물었다. 그렇다. 나는 클레망스가 떠나고 나면 머지않아 뤼스가 뷔그에 돌아오리라는 걸 알았다. 그리고 정말로 뤼스 바라그가 와서 니콜라의 삶을 가둬 버렸다. 내가 그렇게 말하자 티엔은 갑자기 긴장이 풀리고 지쳐 보였다. 목소리도 차분해졌다. "당신 삶에도 뤼스 같은 사람이 있나?" 거짓말할 필요가 없었다. 그는 이미 알아챘을 터였다.

티엔은 나보다 먼저 내 대답을 모두 알았다. 나는 내 얼굴 앞쪽에 있는 그의 두 손을 보았다. 마치 그 손가락들이 나의 전부를 움켜쥐고 있는 것 같았다. 나는 사실대로 말했다. 이따금 티엔, 당신이 그렇게 생각된다고, 하지만 당신의 생각은 완전히 똑같지는 않다는 걸 안다고, 나도 지금처럼 그렇게 느낄 때도 있지만 곧 그렇지 않다는 걸 깨닫는다고 대답했다.

티엔은 잠시 말이 없었다. 더는 그 얘기를 꺼내지 않았다. 그는 다시 질문을 던졌다.

그는 내가 그 일을 오직 니콜라에 대한 사랑 때문에 했느냐고, 그 정도로 니콜라를 사랑했느냐고 물었다.

물론 나는 니콜라의 모습 그대로를 사랑했다. 니콜라는 모르고 있고 앞으로도 계속 모를 테지만, 나는 니콜라를 위해 무언가를 해 줄 수 있는 유일한 사람이었다. 니콜라는 스스로 무섭고 거친 사람이라고 생각하지만, 만일 제롬을 죽이는 게 그의 의무라는 확신을 내가 불어넣지 않았더라면 니콜라는 절대 그런 짓을 하지 못했을 것이다. 나는 정말로 그렇게 확신했기 때문에 니콜라에게 그런 환상을 심어 주었다. 티엔은 내가 얼마나 니콜라를 사랑하는지 알지 못했다.

"니콜라는 곧 후회할 거야. 후회는 사라지지 않지." 티엔이 말했다. "그 누구도 후회를 피할 수 없어. 강한 사람들, 당신 같은 사람들도 마찬가지고." 나는 티엔이 미소 짓는 것을 보았다. 그는 조롱하고 있었다.

나는 티엔에게 이렇게까지 통찰력이 부족한 사람인 줄 몰랐다고 대답했다. 내가 보기에 후회는 쉽게 꺾을 수 있는 허영이라고, 그저 사람들이 허세를 부리는 거라고 말했다. 후회하지 않을 수도 있다고, 난 후회하지 않을 거라고, 확신한다고 말했다. 니콜라한테는 조심할 거라고, 이 일에서 내가 어떤 역할을 했는지 절대 털어놓지 않을 거라고도 했다. 니콜라는 이 일에 자기 책임이 크다고 믿어야 했다. 그런 종류의 부정할 수 없는 권위를 스스로에게 부여해야만 뤼스 바라그와 완전히 행복할 수 있었다. 내가 보기에 니콜라와 뤼스의 관계는 가을을 넘기기 힘들었다. 뤼스가 니콜라의 아이를 갖는다면 다르다. 그러면 저절로 해결된다. 하지만 반대의 경우라면 니콜라한테 더 좋다. 니콜라는 마침내 뷔그를 떠나게 될 것이다.

티엔이 웃었고, 내가 아직 소녀 같다고 말했다. 그는 침대 위에서 나를 안고는 내 머리카락을 쓰다듬기 시작했다.

"제대로 이해하려면 니콜라가 얻는 이득 너머를 봐야 해." 그럴지도 몰랐다. 나는 어쩌면 그저 삶을 한번 바꿔 보고 싶은 욕망 때문에 제롬의 일을 니콜라에게 알렸을 수도 있었다. 확신은 없었다.

"언제 처음 생각했는데?" 한 달 전쯤에, 어느 날 밤에 시작되었다. 잠이 오지 않아 깨어 있는데 옆방에서 제롬과 클레망스의 소리가 들렸다. 불현듯 환멸이 밀려왔고, 두 사람을 너무 오래 감내하고 있다는 생각이 들었다.

티엔이 미소를 지었다. "그러니까 그 둘이 당신 잠을 방해한 거군." 나는 티엔에게 당신이 내 방에 오길 기다리느라 잠들지 못했다고 털어놓았다. 그럴 때면 집 안에서 들리는 아주 작은 소리들에도 귀를 기울이게 되고, 그래서 제롬과 클레망스가 아무리 소리 내지 않으려고 애써도 다 들을 수 있었다. 제롬과 클레망스가 같이 잔다는 것을 안 지는 몇 달이 넘었지만, 그런 상황을 더는 견디지 못하게 된 것은 밤에 몇 시간이고 티엔을 기다리느라 원하지 않아도 그 일을 생각할 수밖에 없게 되었을 때였다.

티엔은 내 말이 거짓 같지 않다고, 나는 나름의 진실을 말하고 있다고, 그런데 그 진실이 꾸며진 것처럼 보일 수 있다고, 하지만 자기는 그것이 순수하고 일관된 것임을 안다고 말했다. 마치 꿈꾸는 듯한 어조였다. 나는 그가 무슨 말을 하는지 잘 파악하지 못했다. 그는 내가 거짓말을 하는 건 아니라고, 내가 틀린 말을 하는 것은 아직 진실을 찾는 중이기 때문이라고도 덧붙였다.

아마도 맞는 말이었다. 하지만 불현듯 나와 상관없는 일처럼 느껴졌다. 그때까지 나는 티엔이 틀릴 수 있다는 생각을 한 번도 하지 않았다. 몇 달 동안 그가 내 방에 내려오지 않은 것도 어쩌면 옳았다. 그날 저녁에도 그를 보기 위해 내가 올라왔다는 사실도 한참 잊고 있었다. 티엔이 아무리 나에 대해 안다 해도, 그 순간에 내가 무슨 생각을 하고 있는지는 알지 못했다. 밤마다 그를 기다리다가 결국 내가 직접 그의 방에 찾아오지 않았는가. 나에게는 그가 나에 대해 새로 알게 된 것들, 알아내는 데 성공했다는 만족감에 미소 짓게 만든 것들보다 내가 밤의 일부분을 그의 곁에 있는 데 성공했다는 사실이 더 중요했다. 티엔이 내 얼굴을 부드럽게 어루만졌고, 나는 볼과 이마에 닿는 그의 따스한 손바닥을 느꼈다. 그것은 오직 내가 원했기 때문에 가능한 일임을 티엔은 알지 못했다. 이제 티엔은 자신도 제롬의 죽음에 아무런 관련이 없지는 않다는 생각을 할 테고, 교묘하게 그 사실을 내 입으로 털어놓지 않는 나를 보며 놀라고 있을 것이다. 나 역시 내가 제롬과 클레망스에 대해 진저리를 친 것은 오직 그 둘이 함께 있는 동안 나는 혼자였기 때문이라는 사실을 막 깨달았다. 하지만 그 문제는 나중에 생각해 보기로 했다. 그것은 지금 내 얼굴 위를 하염없이 돌아다니는 티엔의 진짜 손 앞에서 아무런 의미를 갖지 못했다.

우리는 한동안 이야기를 이어갔다. 티엔은 나에게 제롬의 죽음이 너무 오래 걸렸다고 생각하느냐고 물었다. 나는 그렇지 않다고, 제롬이 죽었다는, 그리고 니콜라의 손에 죽었다는 생각에 우리가 익숙해지는 데 필요한 만큼이었다고 대답했다. 그도 같은 생각이었다.

티엔은 내가 피곤하지 않은지 물었고, 자기 침대에 같이 누워 자자고 했다. 내가 보기에는 오히려 그가 피곤해 보였다. 티엔이 나를 끌어안았다. 그는 완전히 평온해졌다. 그의 손이 내 머리카락 속에서 멈췄고, 우리는 움직이지 않았다. 티엔은 자기 질문들을 다 잊으라고 했다. 티엔은 그것들을 왜 물어보았을까? "당신에 대해 모든 걸 알고 싶었으니까. 그래야 했어. 이제 됐어." 우리는 다시 한참 동안 눈을 감고 말없이 있었다. 티엔이 내 입을 찾았고, 나를 바로 옆으로 끌어당겼다. 그의 두 다리가 내 다리를 감쌌다.

9월이 왔다. 길고 짧은 날들이 시작되고 끝났다. 나는 몹시 피곤했다. 원래 해 오던 일에 클레망스가 하던 일까지 해야 했고, 노엘도 돌봐야 했다. 9월의 날들이 찾아와서 저녁의 어두운 모퉁이를 돌아서 갔다. 어둠이 내리기 시작하면 밭에는 더 이상 할 일이 없었다. 모두 집으로 돌아왔다. 돌아오는 시간이 점점 빨라졌다. 크리스마스 때까지 계속 빨라질 터였다. 석 달 남았다.

밭에서 일할 때 티엔은 내 옆에 있었다. 식탁에서도 내 옆자리에 앉았다. 니콜라는 여름이 끝났다는 것도 알아차리지 못했다. 꺼진 불길 같은 특유의 냄새와 함께 9월이 세상을 노랗게 물들였다. 니콜라는 뤼스와 함께 마를 타고 다니면서 9월을 보냈다. 니콜라는 우리와 같이 일하지 않았다. 우리가 밭에서 일하는 동안 니콜라와 뤼스는 말을 타고 길 위로 달려가기도 했다. 날씨는 아직 많이 더웠다. 뤼스는 실크 원피스를 입었고, 니콜라는 맨팔을 내놓고 가슴을 풀어헤쳤다. 그들은 신나게 떠들며 웃었고, 말에 채찍질을 했다. 니콜라와 뤼스는 언덕의 경사면에, 길 위에, 리슬강의 제방 위에 있었다. 밤이면 말을 세워 두고 숲속에서 잤다. 뷔그로 돌아와 니콜라의 방으로 들어갈 때도 있었다. 하지만 그런 일은 드물었다.

그렇게 3주가 지났다. 니콜라도 다시 일을 했다. 여전히 더웠다. 남자들은 마당에서 연장을 고치고 장작을 팼다. 부실한 벽을 고치고 부엌 타일도 새로 깔았다.

니콜라는 계획이 많았다. 우선 티엔의 도움을 받아 별채의 방 하나를 치운 뒤 시멘트와 석회를 발랐다. 그 방에서 우유 가공을 할 생각이었다. 돈을 벌 수 있다고 했다. 우리는 돈이 필요하다고, 돈을 벌 수 있다고 주장했다. 그렇게 될 거라고, 우리는 풀밭이 있으니까 소를 더 키울 수 있고 버터를 만들어 페리괴에 내다 팔아서 짐수레도 사고 송아지도 잘 먹여 키우면 된다고 했다. 티엔이 꽤 많은 돈을 빌려 주었을 것이다. 니콜라는 페리괴에 가서 크림 분리기와 교유기를 사 왔다. 오자마자 나에게 빨리 기계 사용법을 배우라고, 머지않아 하인들을 고용할 텐데 내가 알아야 일을 시킬 수 있다고 했다. 그러면서 다시 자기는 돈을 벌어야 한다고 했다. 니콜라는 뤼스 바라그와의 결혼을 생각했을 것이다. 나는 아무 말도 하지 않았다. 일절 반대하지 않았다. 하지만 니콜라 혼자서 품은 계획일 터였다. 분명 뤼스는 니콜라와 결혼할 마음이 없었다. 나는 몇 주 동안 혼자 버터를 만들었다. 매주 화요일에 페리괴에서 버터를 가지러 왔다. 정말로 암소 두 마리로 매번 꽤 많은 돈을 벌었다.

티엔은 니콜라와 함께 일했다. 니콜라가 자기 계획을 말했을 때 티엔은 제법 관심을 기울이며 들어 주었고, 언제 되돌려 받을 수 있을지 별로 신경 쓰지 않고 돈까지 빌려 주었다. 그즈음 티엔은 전보다 늦게 일어났다. 아침에 그의 방에 가 보면 자기 전에 읽던 책들이 펼쳐진 채로 침대 위에 흩어져 있었다. 그러니까 그즈음에 티엔은 뷔그 생활이 무척 지루했지만, 떠나겠다는 말은 아직 꺼내지 않았다.

티엔은 몇 차례 페리괴에 다녀왔다. 소지품을 모두 두고 갔고, 매번 이튿날에 돌아왔다.

니콜라와 뤼스가 더는 종일 밖으로 나돌지 않게 된 뒤로, 뤼스는 매일 우리 집에서 저녁을 먹었다. 그런 뒤에 함께 나가면 니콜라는 잠잘 때도 돌아오지 않았다. 아침에 돌아와서 종일 열심히 일했다. 뤼스는 저녁 7시쯤 말을 타고 왔다. 매번 새 옷을 입었다. 그녀는 머리를 풀어서 어깨까지 늘어뜨렸다. 뤼스는 아름다웠다. 점점 더 아름다웠다. 뤼스 덕분에 저녁 식사 자리가 매번 파티 같았다.

뤼스가 오면 니콜라가 나가서 말에서 내리는 것을 도와주었다. 그러고 나면 둘은 한 발자국도 떨어지지 않았다. 뤼스가 나를 도와 부엌에서 같이 저녁 준비를 할 때도 니콜라가 따라왔다. 어느 날 나는 니콜라와 뤼스가 현관에 같이 있는 모습을 보았다. 니콜라가 몸을 웅크린 채 뤼스의 다리를 깨물었다. 그러다 갑자기 뤼스가 실크 원피스를 들어 올렸고, 니콜라는 그녀의 허벅지에 키스하면서 얼굴과 머리카락으로 애무했다. 벽에 기대선 뤼스는 눈을 감은 채로 몸이 경직되어 있었다. 표정이 무겁고 얼굴이 초췌했다.

우리는 뤼스 바라그를 위해 매일 아주 맛있는 저녁을 준비했다. 헛일이었다. 니콜라는 다른 음식이 나왔다는 것조차 알아채지 못했다. 니콜라는 계속 뤼스에게 말을 걸었고, 늘 처음인 것처럼 마치 넋이 빠진 듯 골똘히 뤼스의 말에 귀를 기울였다. 뤼스는 편안하게 말을 잘 했고, 내가 듣기에도 그녀의 얘기는 아주 재미있었다. 뤼스는 남동생들, 그리고 아버지와 어떻게 지내는지 얘기했다. 자기가 아버지를 얼마나 사랑하는지도 매번 말했다. 뤼스는 어릴 때 줄곧 페리괴의 기숙 학교에서 지냈다. 견디기 너무 힘들었고, 그래서 두 번 도망쳐 나온 뒤에 쫓겨났다. 뤼스는 어머니의 죽음에 대해서도 똑같이 평온한 어조로 말했다. 이따금 자기를 쳐다보는 니콜라의 눈길이 느껴지면 그의 팔을 부드럽게 어루만졌다. 그러면 니콜라가 그녀의 손을 잡았다. 그런데 그때마다 니콜라는 어느 정도 힘을 줘야 하는지 가늠하지 못하는 게 분명했다. 뤼스가 신경질적으로 얼굴을 찡그렸다. 이따금 그냥 웃기도 했다. 우리는 저녁마다 뤼스가 자기 이야기를 하게끔, 우리에게 늘 같은 이야기를 들려주게끔 대화를 끌어갔다. 뤼스는 매번 같은 이야기로 돌아왔다. 우리는 한없이 그 얘기에 귀를 기울였다. 그때 뷔그에서는 니콜라만 빼고 모두 지루했다.

티엔은 우리만큼 뤼스의 이야기에 관심을 쏟지는 않았다. 때로 나는 티엔의 그런 모습이 거슬렸다. 내가 말했다. "티엔? 티엔이 네 말을 안 듣네, 뤼스." 왜 내가 굳이 티엔을 곤란하게 만들고 싶었는지는 잘 모르겠다. 뤼스는 하던 말을 뚝 그쳤다. 티엔은 상냥한 미소와 함께 사과했다. 하지만 뤼스의 얼굴에는 자연스럽던 웃음이 이미 사라져 버렸다.

*

나는 곧 알아챘다. 3주쯤 지났을 때였다. 뤼스는 티엔에게 관심 없는 척하지만 사실은 그가 있는 자리에서만 이야기를 했다. 게다가 저녁에 니콜라가 배웅해 줄 때도 마지못해 나갔다. 그녀는 최대한 늦게까지 버티다가 마지막에 일어섰다. 아빠와 엄마가 자러 가고 내가 방으로 올라간 뒤에도 뤼스는 티엔과 니콜라와 함께 늦게까지 작업실에 남아 있었다. 티엔까지 자러 올라간 뒤에야 비로소 니콜라와 뤼스가 마당을 지나는 소리가 들렸다. 니콜라는 아직 아무것도 알아차리지 못한 것 같았다. 식탁에서 뤼스가 일부러 티엔의 눈길을 피하는 것도, 니콜라가 쏟는 한결같고 부담스러운 관심 때문에 피곤해하는 것도 몰랐다. 사실 뤼스가 거북해하는 게 처음에는 거의 눈에 띄지 않았다. 나도 괜히 넘겨짚었다고 생각했다. 그런데 어느 날 티엔이 페리괴에 가서 며칠 머물게 되었다. 평소처럼 뤼스가 왔다. 저녁 식사 시간인데도 티엔이 돌아오지 않자 뤼스는 안절부절못했다. 처음에는 티엔이 그냥 늦는 줄 알았다가 내가 식탁에 그의 식기를 놓지 않자 뤼스는 새파랗게 질렸다. 티엔이 없어서 아쉬워하는 정도가 아니라, 자기를 좋아하는지 확인도 하기 전에 그가 완전히 뷔그를 떠나 버렸을까 봐 두려워진 것이다. 뤼스는 교묘하게 대화를 티엔에 관한 이야기로 끌어갔다. 나에게 어떻게 티엔이 우리 집에 머물게 되었는지, 그가 왜 여기 와 있는지, 무얼 하는지, 원래는 어디 사는지 물었다. 나는 아는 대로 다 말했다. 나도 뤼스보다 더 아는 게 없다고, 티엔은 아마 왔을 때와 똑같이 그냥 아무 이유 없이 떠날 거라고 대답했다. 니콜라의 친구이고, 뷔그에 왔다가 마음에 든 것 같고, 하지만 얼마 전부터는 지루해하는 것 같다고 덧붙였다. 일부러 그런 것은 아니지만 나는 뤼스가 불안에 휩싸이게 만들었다. 뤼스가 자신이 티엔을 사랑한다는 것을 스스로 깨닫고 있는지 알고 싶고, 내가 얼마나 대수롭지 않으면 저렇게 아무렇지도 않게 말할 수 있는지 알고 싶기도 했다. 나는 무슨 말인가 하다가 티엔이 이틀 후에 돌아오겠다고 했다고 알려 주었다. 뤼스는 다시 명랑해졌다. 내가 생각하기에 그날 저녁까지 뤼스는 자신이 티엔에게서 무엇을 기다리는지 깨닫지 못했다. 내가 자기보다 먼저 간파했다는 사실도 알아차리지 못했다.

9월이 시작될 무렵 니콜라가 제안한 소풍 자리에서 모든 게 드러났다.

"2킬로미터 위쪽에 헤엄치러 가." 니콜라가 결정했다. 내가 노엘을 데려가고 아빠와 엄마도 같이 갔다. 강에서 헤엄치고 나서 간식을 먹기로 했다.

우리에게 그런 소풍은 아주 드문 일이었다. 우리는 며칠 전부터 소풍 생각을 했다.

나는 전날부터 간식을 준비했고, 뤼스가 나를 도왔다. 그날 오후가 지금도 선명하게 기억난다. 남자들이 마당에서 장작을 팼고, 규칙적이고 단조로운 도끼질 소리가 부엌까지 들려왔다. 이제 우리는 행복하다고, 집안에 서서히 평화가 자리 잡는다고 생각할 만했다. 제롬이 죽은 뒤로 이어졌던 불안한 평화와는 다른 평화였다. 마음이 홀가분했고, 미처 느껴지지 않을 정도로 가벼운 기쁨 속에서 일할 수 있었다.

뤼스는 지나치게 신이 난 기분을 감추지 못했다. 이튿날 먹을 간식을 생각했고, 티엔이 마당에서 일하다가 언제든 마실 것을 달라고 부엌으로 올 수 있다는 사실도 잊지 않았다. 심지어 이따금 내 허리를 붙잡고 장난을 치기도 했다. 나는 조금 짜증이 났다. 내 몸이 아름다운지, 내가 자기처럼 날씬하고 단단한지 보려고 일부러 하는 짓이었다. 뤼스가 말했다. "넌 키가 커, 프랑수. 티엔하고 거의 비슷하지. 하지만 밭에서 일을 너무 많이 했어. 남자처럼 힘이 세."

나는 뤼스를 내버려 두었다. 나는 뤼스가 좋았다. 뤼스는 자부심, 완벽한 자부심이었다. 나는 내가 그런 자부심을 영원히 가질 수 없다는 사실을 알았다.

뤼스는 그때까지만 해도 니콜라를 놓아 버리지는 않았다. 하지만 그녀는 가까이 있는 누군가가 자기에게 무관심하다는 사실을 용납하지 못했다. 물론 티엔이 날 사랑한다고 생각하지는 않았다. 뤼스가 보기에 니콜라 이외에는 그 누구도 나를 사랑할 수 없었다. 이 점에서 이상하게도 나는 뤼스와 비슷했다. 뤼스가 그렇게 생각하는 게 조금 원망스러우면서도 나 역시 똑같이 생각하고 있음을 부정할 수 없었다. 그런데 그럴 수도 있다고 생각하게 된 이후 뤼스는 나를 엿보기 시작했다. 뤼스는 내가 모종의 힘을 지녔다고, 티엔을 제외한 모두의 눈에 그 힘을 숨기고 있다는 의심을 품었다.

*

니콜라와 나는 즐겁게 노는 법을 몰랐다. 그때까지는 늘 우리끼리만 헤엄을 쳤기 때문에 그날은 왠지 거북했다. 곧 뤼스가 니콜라와 티엔을 끌고 갔다. 내가 아빠와 엄마 옆에 담요를 깔고 노엘을 눕히는 동안 셋이 가 버렸다. 어디로 갔는지 보이지 않아서 나는 혼자 물에 들어갔다. 리솔강을 거슬러 올라가서 그들과 합류할 생각이었다.

하지만 물에 들어가자 위쪽으로 따라 올라가기보다는 혼자 반대쪽으로 내려가고 싶었다. 나는 수영을 잘하지 못했고, 그래서 물살을 거슬러 올라가기보다는 물이 흐르는 방향으로 내려가는 편이 쉬울 것 같았다.

물이 시원했다. 곧 내 몸도 물만큼 시원하고 싱싱하게 느껴졌다. 나는 전과 다르게 아주 편하게 수영을 했다. 미처 깨닫지 못했지만 어쩌면 오래전부터 나는 언젠가 날씨 좋은 오후에 리솔강의 물줄기를 따라 내려가 보고 싶었던 것 같다.

티엔은 그쪽이 아니라 반대쪽에 있었지만, 왠지 티엔을 향해 헤엄쳐 가는 기분이 들었다. 하지만 계속 내려가면 티엔에게 갈 수 없었다. 아마도 조금 있으면 제방 위에 그의 모습이 보일 테고, 그가 나에게 말할 것이다. "헤엄치는 모습이 참 예쁘네." 잠시 후 나는 꿈을 꾸는 듯한 느낌에 젖었다. 규칙적인 동작으로 헤엄치면서 잠이 들었을 수도 있다. 나는 물 위를 쳐다볼 용기가 나지 않았다. 나를 보고 있는 티엔의 모습을 보면 그 순간에 그가 사라질까 봐 두려웠을지도 모르겠다. 물살이 꽤 빨랐고, 나는 물길에 몸을 내맡겼다. 힘들이지 않고 헤엄칠 수 있었다. 해가 높이 떴고, 내 눈높이의 강물 표면이 노란색과 파란색 거울처럼 반짝였다. 제방의 버드나무들 사이로 소들이 골짜기에 가만히 서서 천천히 풀을 뜯는 모습이 보였다. 물고기를 잡는 아이들 두 명도 지나갔다. 나 때문에 강물이 미지근해지는 것 같았다. 강물이 점점 부드러워져서 몸이 깊숙이 내려가기 좋았다. 물이 점점 더 친밀하게 느껴졌다.

그러다가 숨 쉬기 힘들어서 헤엄을 멈추기로 했다. 나는 물

밖으로 나갔다. 나는 더는 티엔을 기다리지 않았다. 분명 나 혼자였다. 작은 숲에 가려져 아무도 보이지 않았다. 아빠와 엄마도 보이지 않았다.

나는 해가 내리쬐는 풀밭에 누웠다. 피곤했다. 그때까지 니콜라가 제안한 작은 야유회는 거의 잊고 있었다. 천천히 생각하기로 했다. 어차피 오후는 길고, 간식이야 내가 없어도 먼저 먹기 시작하면 그만이었다. 강가에 놀러 나오기 위해서 버터를 일찍부터 만들어야 했기 때문에, 오늘 나는 새벽 5시에 일어났다. 서서히 졸음이 밀려왔다. 이 피로는 나의 것, 나만의 것이다. 그 누구와도 나눌 수 없는 것. 내 곁에 그 누구도 필요 없다. 피로는 헤엄치던 내 몸에 붙어서 왔고, 잠만큼이나 확실하게 나와 하나가 되어 나를 감싸고 있다. 나의 피로는 거짓이 아니다. 그것은 내 머리 위에 떠 있는 꽉 찬 둥근 해를 닮았다. 나는 꼼짝도 하기 싫었다. 하지만 그와 동시에, 그들을 보고 싶지 않아서 혼자 가 버리고 싶었다. 그들이 나를 두고 먼저 가 버렸기 때문이 아니고, 지루해서도 아니다. 내가 그렇게 할 수 있다는 증거가, 해낼 수 있다는 기억이 필요했기 때문이다. 내 몸이 피로로 인해 너무 무거웠기에 내 생각이 너무도 자유롭게, 너무도 가볍게 날아갔기 때문이다.

나는 아직 한 번도 본 적이 없는 바다를 떠올렸다. 두 눈을 감고 있었지만 잠들지는 않았다. 나는 내가 잠들지 않았음을 알고 있었다. 나는 바다를 상상했고, 끝없이 펼쳐진 바다에 대해 여러 가지 방식으로 나에게 알려 주던 말들을 떠올렸다. 그 순간에, 지금 나를 덮치는 피로처럼 한결같고 끝이 없는 어떤 것을 보고 싶었다. 그러다가 잠이 들었다.

나는 티엔과 물 위의 푸른 허공을 달리는 두 마리의 검은색 암말 마를 타고 있다. 끝도 시작도 없다. 우리 주위로 모든 시작과 모든 종말이 사라졌다. 사방에서 갈라진 하늘 속으로 바닷물이 사라진다. 두 마리 마는 과감하게, 목적지 없이 달린다. 내가 말한다. "다 왔어, 바다야." 바람이 분다. 티엔이 즐거워한다. 그런데 그가 없다. 내 곁에 있는 것은 그의 웃음뿐이다.

나는 내 이름을 부르는 소리에 깨어났다. 겨우 몇 분 동안 잠들어 있었다. 나는 재빨리 강을 건너 그들이 있는 곳으로 뛰어갔다. 그들은 나에게 어디 있었느냐고 묻지 않았다. 제롬이 죽은 뒤로 늘 그랬다. 다들 내 존재를 모르는 척했다. 니콜라는 나에게 말을 하는 둥 마는 둥 했고, 모두 니콜라를 따라 했다. 마치 내가 없으면 잊을 수 있는 어떤 불편한 것이 내가 있으면 상기되는 것 같았다. 내가 니콜라를 부추긴 것을 알고 있는 그들은 니콜라가 나 때문에 제롬을 죽였다고 생각했을 것이다. 그렇게 되면 니콜라는 후회하지 않아도 되고, 후회할 사람은 내가 된다. 제롬이 죽고 나서 모두 자유롭고 행복했지만, 그래도 나는 후회해야 했다. 그날 오후에 나는 분명히 깨달았다. 그들에게 나는 감히 그 자리에 함께 있으려 한 데 대해 용서를 구해야 하는 사람이었다.

우리는 아빠와 엄마의 발아래 식탁보를 깔고 준비해 온 보따리를 풀었다. 처음에는 무슨 말을 해야 할지 몰라 어색했다. 제롬이 죽은 뒤로 우리는 식사 시간이나 밭에서 같이 일할 때처럼 꼭 같이 있어야 하는 때가 아니면 되도록 같이 있기를 피했다.

티엔은 아빠 옆에 앉았다. 그는 담배를 피우면서 아빠에게 집에서 시작한 공사에 대해서, 그리고 일에 대해서 말했다. "벽돌은 지에의 트럭 운전사한테 부탁해서 페리괴에서 가져올 수 있어요.” 다른 때 말해도 되는 것을 굳이 급하게 말하는 걸 보면 티엔도 이 상황이 거북한 게 분명했다. 그런데 아빠와 엄마는 너무 편해 보였고, 그 모습을 보는 것만으로도 우리는 조금씩 편안해지기 시작했다. 자연스러워 보이기 위해 아무 얘기나 할 필요가 없어졌다. 모두 마음이 평온해졌다. 우리는 간식을 먹기로 했다.

뤼스가 나와 함께 음식 보따리를 풀었다. 다 풀고 나더니 벌떡 일어서서 니콜라에게 바닥에 누우라고 했고, 바닥에 누운 니콜라의 가슴에 머리를 대고 누웠다. 그러고 나서 나에게 아양 떠는 목소리로 말했다. “프랑수, 네가 나눠 줄 거지? 우리는 수영을 너무 많이 했어. 해 줄 거지, 프랑수?”

뤼스는 흰색 수영복을 입었고, 살짝 벌어진 길고 매끈한 두 다리에는 아직 물기가 남아 있었다. 그녀는 손가락 하나 까딱하지 못할 만큼 지쳤는지 맨살이 드러난 두 팔과 두 다리를 축 늘어뜨렸다. 황금빛 얼굴은 햇볕에 말라 번들거리며 반짝였다. 뤼스는 눈을 감고 있지만 속눈썹 사이로 티엔을 쳐다보고 있었다. 그녀는 티엔이 자기를 볼 수밖에 없도록, 자기가 티엔을 보고 있다는 것을 니콜라가 알아채지 못하도록, 티엔의 맞은편에 누웠다. 니콜라의 가슴에 머리를 대고 누웠으니 걱정할 게 없었다. 니콜라는 그녀의 술책을 조금도 알아챌 수 없었다. 니콜라는 오로지 뤼스만 쳐다보면서 뤼스의 젖은 머리를 만지작거렸고, 그녀의 작은 수영복 사이로 손을 넣어 가슴을 쓰다듬고 맨살이 드러난 배를 어루만졌다. 뤼스는 니콜라가 자기를 얼마나 열렬히 사랑하는지 티엔이 알기를 바랐다. 행복하다는 말로는 부족했다. 티엔의 눈이 자기 몸을 바라보리라는 기대에 몸을 움직이지도 못했다. 미소 짓는 뤼스의 얼굴에서 티엔의 주의를 끌려는 욕망이 소리쳤다. 뤼스는 수치심을 내던졌고, 우리가 함께 있다는 사실도 잊은 듯했다. 니콜라만이 아무것도 눈치채지 못했다. 엄마와 아빠마저도 영문을 알지 못해 조금 놀라워하는 표정으로 뤼스를 쳐다보았다.

나는 케이크를 잘라서 뤼스와 니콜라에게 주었다. 니콜라가 말했다. "고마워, 우리 프랑수." 제롬이 죽은 뒤로 니콜라가 나를 그렇게 부르기는 처음이었다. 니콜라는 케이크가 아주 맛있다고도 했다. 그 몇 마디에서 나는 지금 니콜라가 완벽한 행복에 젖어 있음을 알 수 있었다. 니콜라는 이제야 전혀 힘들이지 않고 모두가 보는 앞에서 나를 편하게 대했다.

뤼스가 함께 있을 때면 늘 그렇듯이 간식을 먹는 자리는 아주 즐거웠다.

뜬금없이 엄마가 더 먹으면 다시 수영하기 힘들다고 말한 것도 기억난다. 엄마는 늘 조용하다가 자기가 대화에 무관심하지는 않다는 것을 보여 주기 위해 별다른 생각 없이 불쑥 말을 내뱉곤 했다.

"먹고 쉬었다가 수영해도 해요." 뤼스가 말했다. 그러면서 엄마가 피가 잘 안 통해서 죽을 수 있다고 생각하진 않는지 모르겠다고 덧붙였다. 나는 엄마 때문에 조금 짜증이 났다. 모두 웃었다. 정말로 엄마를 비웃은 게 아니고, 최근에 뷔그에서 일어난 모든 변화에도 불구하고 그대로인 엄마가, 그러니까 여전히 정신이 다른 데 팔려 있고 그러면서도 여전히 안 그런 척 신경 쓰는 모습이 우스워서 웃었다. 아빠는 눈물이 그렁그렁해지도록 웃었다. 사실 엄마가 한 말은 그렇게 우습지는 않았다. 하지만 그 말이 우리로 하여금 불현듯 엄마를 떠올리게 만들었다. 우리는 즐거워서 웃었고 또한 엄마가 아직 우리와 함께 있다는 게 놀라워서 웃었다. 엄마는 장례식 날과 똑같이, 그날 입었던 검은색 타프타 원피스를 입고 있었다. 그런데도 장례식 날보다 젊어 보였다. 엄마는 우리의 명랑한 모습에 조금 거북한 것 같았지만, 잠시 후에는 마치 자신이 매력적이라는 사실을 인정할 수밖에 없다는 듯 우리와 함께 웃기 시작했다. 아빠도 평소보다 젊어 보였다. 아빠는 키가 작고 얼굴이 붉고 눈이 파랬다. 숱이 많은 흰 머리카락이 노엘의 머리처럼 사방으로 뻗쳤다. 그날 아빠는 흰옷을 입었다.

간식을 다 먹은 뒤에 나는 노엘을 먹여야 했다. 클레망스가 떠난 뒤로 노엘을 돌보는 일은 전적으로 내 차지였다. 니콜라는 뤼스한테 정신이 나가서 더 이상 아들한테 관심이 없었다. 노엘은 이가 몇 개 났지만 케이크를 먹는 데 시간이 많이 걸렸다. 아이는 입 안에 든 것을 내 손에 뱉으며 장난했고, 그러다가 숨이 가빠질 정도로 자지러지게 웃었다.

나는 일행과 조금 떨어져 앉아 있었다. 아빠와 엄마는 내 왼쪽에서 낮은 목소리로 다시 이야기하기 시작했다. 이쪽에서는 R……시가 가까웠다. 니콜라와 뤼스 그리고 티엔은 몇 미터 더 떨어진 곳에서 열심히 이야기하는 중이었다. 나는 등을 돌리고 있어서 무슨 말을 하는지 잘 들리지 않았다. 나는 자꾸 웃어 대는 노엘 때문에 짜증이 났다. 노엘은 계속 나와 장난치려 했고, 나는 아이와 놀아 주고 재미있게 해 주는 것밖에 할 일이 없었다. 노엘은 계속 놀았다. 평생 놀 기세였다. 나는 클레망스가 곧 찾아오면 그때 노엘을 보내는 게 낫겠다고 생각했다. 하지만 우선은 간식을 먹여야 했다. 그리고 시간이 흘러갔다. 나는 그 알 수 없는 시간의 흐름이 느껴지는 게 견디기 힘들었다.

"여기가 니콜라 베르나트 집 맞나요?"

티엔이 옆에 와 있었다. 나는 그가 다가오는 소리를 듣지 못했다.

나는 노엘을 내려놓고 티엔의 발치에 누웠다. 나는 소리 없이 웃었고, 티엔도 웃었다. 그가 다시 말했다.

"담배 순 자르는 일을 좋아하나요? 그동안 니콜라 베르나트는 뭘 하죠?"

"아버지와 같이 일해요." 내가 대답했다.

티엔이 내 팔을 잡고 일으켜 세웠다. 우리는 서로 가까이 섰다. 티엔은 너무도 아름다웠다! 조금 전에는 제대로 못 봤는데, 티엔은 정말로 눈부시게 아름다웠다. 그는 머리카락 너머로 나를 쳐다보았고, 오직 나만을 쳐다보았다. 그의 몸은 놀라우리만치 아름다웠다. 옷을 벗고 나니 그의 발, 그의 손, 그의 얼굴은 이전에 내가 알던 발과 손과 얼굴이 아니었다. 강물과 바람에 다듬어져 윤기가 흐르는 날렵한 금빛 육체와 더 이상 분리되지 않았다. 그의 몸에는 옷이 필요하지 않았다. 태양이 옷이었다. 정말 내가 티엔을 사랑할 수 있을까? 어쩌자고 나는 그가 나와 닮은 데가 있다고 생각했을까? 티엔은 뭘 하는 걸까? 나에게 뭘 원할까? 여기, 살아서, 뭘 하고 있을까? 티엔은 어떻게 살아 있을 수 있을까? 한순간 나는 다가갈 수 없는 고독 속에 있는 그의 낯선 모습을 사랑도 없이 바라보았다.

그런데 갑자기, 아무런 예고도 없이, 티엔이 내 팔을 잡더니 그대로 끌고 갔다. 우리는 강을 따라 뛰어갔다. 처음에는 천천히 달리

다가 곧 아주 빨리 달려서 일행과 멀어졌다. 우리가 막 뛰기 시작할 때 니콜라와 뤼스가 일어섰지만, 미처 따라오지는 못했다. 니콜라는 조금 놀란 표정으로 미소를 지었고, 상황을 이해하지 못하던 뤼스는 곧 소리를 질렀다. "티엔! 뭐 하는 거야? 그만 와! 티엔! 티엔……프랑수……." 뤼스의 목소리는 날카롭고 심술궂었다. 우리는 이미 멀어졌다. 나는 고개를 돌려 뤼스를 보았다. 두 팔을 몸 옆에 늘어뜨린 그녀의 얼굴이 알아보기 힘들 정도로 일그러졌다. 티엔은 돌아갈 마음이 없었다. 우리는 강물 속으로 들어갔고, 나란히 헤엄쳤다. 잠시 후 멈췄을 때 뤼스와 니콜라는 보이지 않았다. 나는 티엔에게 우리가 기다렸어야 한다고 말했다. 보나 마나 뤼스가 니콜라한테 난리를 칠 테고, 오늘 저녁, 니콜라는 무언가를 깨닫지 않을 수 없으리라. 더는 그대로 지낼 수 없을 테니 아마도 니콜라는 뷔그를 떠나게 될 터였다. 티엔은 내 말을 듣는 둥 마는 둥 했고, 여전히 미소 띤 얼굴로, 내가 말하는 동안 내 입술에만, 벗은 자기 몸 옆에 있는 벗은 내 몸에만 주의를 기울였다. 그의 침묵이 길어질수록 내가 하는 말이 점점 더 이해할 수 없는 말이 되어 갔다.

티엔이 내 곁에 누웠다. 그의 긴 몸이 내 몸에 닿았다. 그가 말했다. "아무 말도 하지 마."

한참을 그러고 있었다. 모두 집으로 돌아갔을 것이다. 이제 니콜라도 안다. 끝났다. 마음이 편했다.

그사이 햇빛이 덜 뜨거워졌고, 이따금 눈을 떠 보면 지에 언덕의 푸른 그림자가 길어지고 있었다.

티엔의 얼굴 위 움푹한 자리에 그림자가 졌다. 보랏빛의 눈까

풀을 반쯤 감은 모습이 슬퍼 보였다. 티엔은 내가 자기를 쳐다보고 있는 것을 알지 못했다. 그의 단단한 황금빛 상체는 나무 기둥을 닮았고, 그 힘이 손가락 속까지, 발끝까지 뻗어갔다. 티엔이 내 손을 잡았다. "내가 머지않아 떠난다는 거 알지?" 나는 그렇다고, 안다고 대답했다. 티엔이 화를 내며 내 손을 뿌리쳤다.

바로 그 순간부터 나의 상념은 티엔을 갈구했다. 그의 벗은 몸의 온기가 내 몸의 온기와 닿기를, 욕망으로 일그러진 그의 얼굴이 내 얼굴에 닿기를 갈망했다. 저녁에 티엔은 내가 기다린다는 것을 알면서도 내 방에 내려오지 않았다.

티엔은 우리가 니콜라와 함께 소풍 갔던 그날 이후 사흘이 지난 뒤에야 왔다.

*

뤼스 바라그는 평소와 다름없이 저녁을 먹으러 왔다. 그녀는 상냥하게 굴려고 애썼고, 오로지 티엔을 보기 위해서 우리 집에 온다는 티를 내지 않으려 노력했다. 나는 그날 나와 티엔이 가 버린 뒤 어떤 일이 일어났는지, 니콜라가 어떻게 다 알게 되었는지는 지금도 알지 못한다.

그때부터 니콜라는 제롬 얘기를 시작했다. 그는 마치 자기가 저지른 일에 대해 사람들이 분개하게 만들기로 작정한 듯 제롬의 장점을 강조했다. 젊고 친절했을 때의 제롬, 벨기에의 R……시에 와서 어린 나와 니콜라를 밖에 데리고 나가 준 제롬 이야기를 했다. 자기가 보기에는 세상에 제롬의 삶만큼 슬픈 삶이 없다고, 자기는 그 삶을 잘 안다고 했다. 심지어 서류를 좀 찾아봐야겠다면서 나에게 삼촌 방의 열쇠를 달라고 했다. 하지만 니콜라가 아무리 애를 써도 그가 정말로 자신이 저지른 일 때문에 고통스러워하고 있다고 믿는 사람은 아무도 없었다.

니콜라는 더는 우리와 함께 일하지 않았다. 온종일 어슬렁거리며 뤼스를 기다렸고, 뤼스가 오면 편안해 보이기 위해 애썼고, 되는대로 얘기를 이어 가다가 틈만 나면 제롬의 이름을 들먹였다.

어느 날 저녁에 뤼스가 오지 않았다. 니콜라는 식탁에 앉지 않았다. 마를 타고 뤼스의 집으로 달려갔다. 이튿날은 뤼스가 왔다. 하지만 그 뒤에도 다시 예고도 없이 제시간에 나타나지 않았다. 니콜라는 나갔다가 아침에야 돌아왔다. 우리는 이제 뤼스를 잡으려 해봐야 소용없음을 알 수 있었다.

뤼스는 우리 집에 발길을 끊었다. 니콜라는 며칠 밤이고 뤼스의 집 주변을 맴돌았다. 뤼스는 만나 주지 않았다. 아침이 되어 돌아온 니콜라는 온종일 누워 있었다. 먹을 것을 가져다줘도 내가 자기에게 뭘 원하는지 더는 이해하지 못하는 것 같았다. 마지막 며칠 동안에는 내가 생각하기에 뤼스가 돌아올 것 같은지 말해 달라고 했다. 나는 돌아오지 않을 거라고 대답했다. 니콜라는 믿지 않았다. 니콜라는 티엔을 피했다. 하지만 그는 티엔이 보고 싶었을 것이다. 뤼스가 자기를 사랑하지 않게 된 게 티엔 때문인지 확신이 서지 않았을지도 모른다. 사실 중요한 문제도 아니었다. 니콜라는 더는 수치심을 느끼지 않았다. 저녁이 되면 일어서서 옷을 입고 마에 올라탄 뒤, 우리 앞에서, 그를 차마 쳐다보지도 못하는 우리를 두고 다시 집을 나섰다.

그 기간 동안에 내가 어떤 생각이라도 한 적이 있는지 기억나지 않는다. 나는 온종일 일했다. 저녁에는 티엔이 내 방에 내려왔다.

*

어느 날 밤에 클레망스가 내 방 창문을 두드렸다. 나는 문을 열어 주었다. 클레망스는 집을 나가던 저녁과 똑같은 원피스를 입고 똑같은 여행 가방을 들고 있었다. 얼굴이 하얬고, 글썽이는 눈물이 반짝이는 밤색의 작은 두 눈만 보였다. 클레망스는 밤중에 지에에서 뷔그까지 걸어왔다. 전등불에 눈이 부셔서 그녀는 처음에는 내가 티엔과 같이 있다는 것도 알아차리지 못했다.

"노엘, 노엘은 어딨어?"

나는 노엘을 데려오려고 티엔의 방으로 갔다. 클레망스가 떠난 뒤로 노엘은 늘 그 방에서 잤다. 날짜를 꼽아 보니 두 달째였다. 나는 노엘을 이불로 싸서 내 침대로 데려왔다. 아이를 보는 순간 클레망스는 몸을 살짝 떨더니 곧바로 날려가 무릎을 꿇었다. 울지는 않았고, 아무 말도 하지 않고 조심스레 아이를 살폈다. 티엔은 조금 창백한 얼굴로 창밖을 내다보았다. 노엘이 깨어나서 칭얼댔다. 클레망스는 아이가 다시 잠들기를 기다렸다가 이불을 걷어 아이의 벗은 몸을 보았다. "키가 컸네." 클레망스는 미소 때문에 일그러지고 갈라진 얼굴을 우리를 향해 돌렸다. 그러면서 내가 노엘을 돌보았느냐고, 아이가 얌전히 굴었느냐고 물었다. 나는 클레망스가 물을 때마다 그렇다고 대답했다. 나는 그녀 뒤에, 티엔 옆에 서 있었다. 클레망스는 나에게 노엘을 돌봐 줘서 고맙다고 했다. "날 위해 해 준 것들 다 고

마워."

우리는 클레망스에게 아무 말도 하지 않았다. 시간이 갔다. 클레망스는 한동안 말없이 아들을 바라보았다. 그러다가, 갑자기, 더는 아이가 깰까 봐 조심하지 않았다. 클레망스는 아기의 손과 발을 깨물어 본 뒤 조심스럽게 껴안았다. 그러고 나서 뒤를 돌아보았다.

"내가 지금 두 사람 방해하고 있지? 미안해."

우리가 대답하지 않자 클레망스는 우리가 자기가 빨리 나가기를 기다린다고 생각했을 것이다. 그녀는 흐느끼기 시작했다. 그리고 노엘을 이불에서 꺼내 품에 꽉 안았다. 마치 아이에 굶주리고, 더는 마음껏 누릴 수 없다는 사실에 화가 나서 신음하는 것 같았다. 노엘이 찡그리다가 칭얼대기 시작했다. 클레망스는 차라리 노엘과 함께 죽고 싶었다고, 자기가 멀리 데려갈 거라고 소리쳤다. 그녀의 얼굴이 벌겋게 상기된 채 일그러졌고, 아이에게 입 맞추느라 입술이 축축해졌다.

"맞아, 내가 원하면 데려갈 수 있어. 다른 사람이 막을 수는 없어."

클레망스는 우리를 잊었다. 그녀는 노엘의 뺨에 입술을 갖다 댔고, 두 눈을 감고 부드럽게 노엘의 귀에 대고, 너는 나의 노엘이라고, 내 아들 노엘, 세상에서 내가 가진 전부라고 속삭였다. 그러고는 다시 우리를 공격했다. "그날 난 제대로 생각해 보지 못했어. 노엘을 갈라놓을 권리는 아무한테도 없어. 페리괴에서 얼마나 힘들었는데, 그럴 이유가 없었다고! 용서 못 할 일도 아닌데, 나는, 그래 나는 여기 있으면 안 된다는 거잖아. 다들 내가 마음에 안 드니까, 그래서 날 쫓아낸 거야."

클레망스는 하녀일 때는 자기를 봐주더니 니콜라와 결혼하고 난 뒤로는 아무도 자기를 받아들이지 않았다고, 처음부터 다 알고 있었다고 덧붙였다. 그러면서 우리가 끔찍한 사람들이라고, 우리 때문에 자기가 얼마나 고통스러웠는지 아느냐고, 그래 놓고 안 그런 척하는 나쁜 사람들이라고도 했다.

클레망스는 이미 노엘을 안은 채로 일어서서 방 안을 걸어 다녔다. 그리고 이제껏 내가 들어 본 적 없는 단호하고 저속한 목소리로 말했다. 그녀는 이제야 다시 떳떳해진 듯 키가 더 크고 덩치도 더 커 보였다. 클레망스는 팔을 기계적으로 흔들며 노엘을 얼러주었다. 그러다 이따금 갑자기 걸음을 멈추고 벽 쪽으로 얼굴을 감추면서 노엘에게 나지막한 소리로 말했다. 이미 나는 그녀가 뭘 하려는지 알 수 있었다. 클레망스는 내 앞을 지나갈 때마다 등을 굽히고 고개를 숙여 나를 외면하면서 용기를 잃지 않으려 애썼다.

다시 갑자기 걸음을 멈춘 클레망스가 어깨를 움츠리고 휘파람 같은 소리를 내며 말했다.

"이게 다 네가 벌인 일이야. 너 혼자서."

그러더니 힘없이 신음하면서 노엘을 안은 팔을 뻗은 채로 가만히 서 있었다. 노엘을 내려놓으려는 것이다. 나는 대답할 말이 떠오르지 않았다. 클레망스는 덜컥 겁에 질린 표정이었다. 그녀는 노엘을 침대에 내려놓고는 가방을 들고 나서 조용히 말했다.

"여기 있으려고 왔는데, 이런 말을 해 버렸으니 이젠 안 되겠지."

나는 원한다면 뷔그에 있어도 된다고 말했다. 클레망스는 나에게 달려들었고, 신경질적으로 웃었다. 그녀는 다시 멍청한 얼굴로 돌아가 있었다.

"그 애길 이제야 하다니!"

클레망스가 나를 세게 안았다.

"정말로! 말도 안 돼!"

나는 올라가서 자라고 했다. 시간이 늦었다고, 노엘을 데려가라고 했다.

"세상에! 그래, 곧 올라갈 거야. 잠시 정신 좀 차리고."

니콜라는? 클레망스는 니콜라가 자기를 용서했느냐고 물었다.

그러면서 이제 정말 잘할 수 있다고, 두 달 동안 충분히 생각해 보았다고, 이제는 자기가 니콜라를 전보다 잘 안다고 했다. 나는 니콜라를 기다리지 말라고, 집에 잘 안 들어온다고 대답했다. 그러면서 내일 니콜라가 쫓아낼지도 모르지만, 일단은 노엘을 데리고 방에 올라가라고 했다. 어쩌면 며칠 동안은 니콜라의 눈에 띄지 않는게 나을 수도 있다고, 내가 니콜라에게 알릴 시간이 필요하다고 덧붙였다. 나는 만일 니콜라가 뷔그에 못 있게 하거든, 갈 때 노엘을 데려가라고도 했다.

"무슨 일 있어?" 클레망스가 몸을 떨었다.

나는 아무 일 없다고, 그냥 니콜라가 그녀를 안 보려 할까 봐 그런다고 했다.

클레망스는 더 캐묻지 않았다. 그녀는 노엘을 안고 올라갔다.

*

클레망스는 뷔그에서 잤다. 이튿날 나는 니콜라에게 클레망스 얘기를 했다. 니콜라는 노엘이 있으니 클레망스가 집에 있는 게 낫다고 말했다. 니콜라는 클레망스를 조금도 원망하지 않는다고, 한 번도 원망한 적 없다고 덧붙였다.

클레망스가 돌아온 뒤 사흘 동안 니콜라는 뷔그에 나타나지 않았다. 우리는 그가 뤼스의 집에 있으리라 생각했다. 아무도 걱정 하지 않았다. 그런데 티엔이 뤼스에게 물어보니 뤼스는 지난 사흘 동안 니콜라를 본 적이 없다고 대답했다.

사흘째 되는 날 아침에 클레망스가 철로 위에서 기차에 깔려 죽은 니콜라의 시체를 발견했다. 두 팔을 앞으로 뻗고 다리를 벌리 고 있었다. 마치 죽은 새 같았다.

2부

지에에는 매일 저녁 대서양의 해변 T……로 가는 열차가 지나 간다. 우리는 T……의 친척 집에 언젠가 한번 가 보자는 말을 자주 했다. 겨울에 저녁에 모여 이야기하다 보면 매번 그 얘기가 나왔다. 하지만 늘 돈이 없었다. ― 혹은 가겠다는 진짜 의지가 없었다.

어제 점심을 먹고 난 뒤였다. 티엔과 함께 테라스 난간에 팔꿈 치를 괴고 있나가 죽기 선에 T……에 가 보고 싶다고 말했다. 그렇다 고 제대로 생각해 본 적은 없는 일이었는데, 티엔이 그렇다면 가야 한다고, 계절이 바뀌기 전에 빨리 당장 내일이라도 다녀오라고 했다. 자기가 돈을 주겠다고 했다.

나는 일찍 일어났다. 8시 25분 기차이고, 지에에 1분 동안 선 다. 두 번의 장례를 치른 뒤 우리가 무엇을 원하고 무엇을 원하지 않 는지 모든 게 뒤죽박죽이었다. 아빠 엄마 곁에 티엔만 두고 떠나기가 걱정스럽기도 했다. 내가 정말로 T……에 가고 싶은지도 잘 알지 못 했다. 지금 나는 단호한 걸음으로 길을 걷는 내 발소리를 듣고 있다.

티엔의 생각이 맞았다. 지금이 아니면 다시는 T……에 가 볼 기회가 없을 것이다. 니콜라의 죽음 이후 뷔그에서는 어차피 하는 일이 없었다. 일을 잠시 버려 두어도 괜찮다는 사실을 우리는 처음 알았다. 클레망을 제외하고는 모두 어슬렁거리기만 했다. 9월에는 할 일이 별로 없기도 했다. 소작인들을 기다리고 있는데, 그들은 보름 후에 올 터였다. 그때까지 T……에 다녀오면 된다. 바다. 우리는 늘 바다에 가 보고 싶었다. 티엔은 아마 가 봤을 것이다. 니콜라는 영영 바다를 볼 수 없으리라.

열차가 설 때마다 손님들이 내리고 탄다. 이따금 두 역의 중간쯤에서 열차가 속도를 올리기도 한다.

사람들이 타고, 내리고, 자리에 앉는다. 확실하게 도착하고 확실하게 떠나는 사람들이다. 나도 모르게 자꾸만 사람들을 쳐다보게 된다.

T……에 가는 사람은 없다. 대부분이 다른 마을로 가는 농부들이다. 40대로 보이는 한 여자가 내 옆에 앉았다. 그녀는 검은색 옷을 입었다. 무릎에 얹은 두 손은 세제에 많이 닿아서 상했다. 눈길은 멍하다. 주름 잡힌 스카프를 목에 둘러 상아 브로치로 고정했다. 여자에게서 유제품 냄새와 양 냄새가 난다. 아마도 저 여인의 뒤에는 토요일의 깨끗한 집, 헛간에 쌓인 장작, 잘 씻기고 잘 입힌 아이들, 쇠스랑으로 긁어 가며 깨끗이 청소한 묘지 한 귀퉁이까지, 많은 게 잘 정돈되어 있을 것이다. 그리고 저 여인의 앞에도 마찬가지로, 일찌감치 마친 추수와 계절들, 질서가 있을 것이다.

수 킬로미터에 걸쳐 열차의 양옆으로 나무들과 들판과 집들이 스러진다. 그렇게 스러지는 것들을 사람들이 말없이, 놀란 얼굴로 바라본다.

여름의 막바지다. 열차 안에서도 사람들은 여름이 저물어 간다고 말한다. 가을 같은 첫 일요일이라고도 한다.

나는 도중에 세 시간을 기다려 다른 기차로 갈아탔다. 그리고 해가 저물 무렵에 T……에 도착했다. 사람들에게 물어보니, 바다 쪽으로 난 비싸지 않고 믿을 만한 호텔을 가르쳐 주었다.

날씨가 서늘하고, 밤이 어둡다. 거리에 여기저기 젊은이들의 무리가 요란스레 웃으며 지나간다. 바닷소리가 들린다. 분명 어디선가 들어 본 소리, 내가 아는 소리 같다. 어디서 들었는지, 어떤 것과 비슷한 소리인지 생각하다가, 문득 T……에 제대로 도착했음을 깨닫는다. 내 앞에, 내 아래, 내 뒤에 걷는 발들은 바로 내 발이고, 내 양옆에, 줄지어 선 가로등 아래를 지나가는 동안에 어둠에서 나왔다가 다시 어둠으로 들어가는 손들은 바로 내 손이다. 나는 미소 짓는다. 어떻게 미소 짓지 않을 수 있겠는가? 나는 휴가 중이고, 바다를 보러 왔다. 나는 지금 거리를, 정말로 거리를 걷고 있다. 나는 눈앞에서 길게 늘어났다가 흔들리며 내 곁으로 돌아오는 내 그림자에 갇힌 것 같다. 나는 나를 바다에 오게 한 나 자신에 대해 애정과 감사를 느낀다. 바다는 아직 집들에 가려서 안 보인다. 바다는 내일 보면 된다. 배가 고프다. 사람들이 알려 준 호텔이 보인다.

"젊은 여자 혼자 다니기엔 늦은 시간이네요." 호텔의 여주인이 말했다. 그녀는 카운터에 혼자 앉아 있다. 뚱뚱하고, 피로로 초췌한 얼굴이다. 여자는 나에게 오랫동안 머물 거냐고 묻는다. 문득 아기가 되어 버린, 온종일 누워 있는 늙은 베르나트 부부가 떠오른다. (하지만 그들을 떠올리려면, 한 달 전 의사를 부르러 가서 제롬의 비명을 떠올릴 때처럼 좀 애써야 한다.) 티엔은 두 노인을 챙기느라 금방 지칠 것이다. 보름이다. 더는 안 된다. 나는 보름 동안 머물 거라고 대답한다.

홀이 넓다. 불빛도 무척 밝다. 테이블은 대부분 벽 쪽으로 놓여 있다. 외부 손님 혹은 늦게 오는 손님을 위해 작은 식기가 준비된 테이블 두 개는 홀 가운데 있다.

나는 저 둘 중 한 테이블에 앉아 저녁을 먹게 될 것이다. 그렇다. 어쨌든 나는 배가 고프다. 닫혀 있는 커다란 두 개의 창문 밖은 분명 바다이리라. 조금 전 거리에서 들던 소리가 이곳에서는 더 분명하게 들린다. 바는 닫혔고, 아무도 없다. 시간이 늦었기 때문이다. 사실 조금 전에 나도 뒷문으로 들어왔다. 일하는 여자 둘이 부엌에서 저녁을 먹고 있었다. 한 여자가 입 안에 남은 음식을 씹어 가며 다가왔다. 몇몇 손님은 카드놀이를 하고 또 다른 사람들은 모여서 이야기를 나누고 있다. 모두 젊어 보인다. 여자들은 툭하면 "그만 자러 갈래요!"라고 말한다. 남자들은 친절하게 그러지 말라며 팔을 붙잡아 다시 앉히고, 여자들은 못 이기는 척 응한다.

공기에서 분 냄새와 햇볕에 탄 살갗 냄새가 난다. 등받이 없는 긴 의자 위에 맨살이 드러난 아름다운 팔들이 있고, 빨갛고 노랗고 하얀 스카프들 아래 팽팽한 젖가슴이 있다. 사람들이 웃는다. 아무것도 아닌 것에 무조건 웃는다. 매번 더 많이 웃으려 한다. 변덕스러운 웃음 뒤로 거칠고 푸른 바다의 소리가 들린다.

나는 식사를 마쳤다. 기분이 좋다. 이미 한 시간이 지났다.
사람들은 아까보다 더 흐물거리며 즐긴다. 긴 의자에 앉아서 하품을 하고 기지개를 켰다. 다들 피곤해 보인다. 아마도 바닷물에서 헤엄을 쳤으리라. 웃었고, 해변을 뛰어다녔고, 그래서 지금은 졸린 것이다. 나는 피곤하지도 졸리지도 않다. 그러니 저들도 아직은 자러 올라가선 안 된다. 내가 쳐다볼 수 있게 아직은 그냥 있어야 한다. 그들은 잘생겼다. 건강하다. 입술을 조금 벌리고 있고, 입에서는 황금빛의 멍청한 말들이 나온다. 얼굴마다 똑같은 웃음이다. 모두 닮았다. 그들은 여러 명이고, 누가 누군지 구별하기 어렵다. 나는 그들과 함께 갇혀 있는 게 좋다. 나는 아직 잘잘 시간도 자리를 뜰 시간도 아니다. 그러니 그들도 자리를 뜨면 안 된다. 만일 저 중에 누군가 한 명이라도 문을 향해 간다면, 나는 괴로울 것이다. 지금 나는 좋다. 기분이 좋다. 하루가 끝나는 순간이다. 만일 저들이 가 버린다면 알 수 없는 다른 어떤 것이, 아마도 밤이 시작될 것이다. 기분이 좋다. 하지만 저들이 가 버리면 내가 어떻게 될지는 모르겠다. 나는 이어질 날을 기다리는 게 두렵고, 하루를 다른 날과 나누는 음울한 곳井을 혼자 건너기 두렵다.

　　하지만 다행히도 그들은 아직 자러 갈 생각을 안 한다. 카드를 치고, 계속 떠든다. 나는 마음속으로 그들이 자러 가는 걸 계속 잊고 있기를 바란다.

　　어느 순간에, 머리카락과 두 눈이 모두 검은 한 명이 무리에서 벗어나서 내 쪽으로 왔다. 그는 나에게 환영한다고 말했다. 그리고 담배 한 개비를 건네며 자기들 테이블에 와서 같이 앉지 않겠느냐고 물었다. 나머지도 내가 자기들 자리로 오기를 바라며 조급하게 내 대답을 기다리고 있다. 나는 남자를 바라본다. 친절해 보이고, 수다를 떨고 싶어 하는 것 같다. 하지만 나는 담배를 받을 수 없었다. 나는 같이 있지 못해서 정말 미안하다고, 지금 막 도착해서 무척 피곤하다고, 멀리서 왔다고 말했다.

나는 자러 올라갔다. 그렇다. 나는 그들에게 줄 것이 없고 할 말도 없었다. 그들은 나한테 담배를 권하지 말았어야 했다. 그것은 자기들을 즐겁게 해 달라는 뜻인데, 나는 그런 걸 할 줄 모른다. 아니다. 할 수 없다. 어째서 나는 담배를 받기 위해 손을 내미느니 차라리 죽어 버리고 싶었을까? 아무튼 남자는 친절했고, 나는 나에게 신경을 써 준 그 남자가 고마웠다.

이제, 내 방 안에, 바로 나다. 그 나는 지금 자기 얘기를 하고 있는지 모르는 것 같다. 내가 옷장 거울에 비친 자기 모습을 본다. 키가 크고, 금발 머리카락이 햇볕 때문에 노래진, 갈색 피부의 젊은 여자다. 그녀는 방에 버티고 있다. 자기를 쳐다보고 있는 거울 속 여자 앞에서 자연스러워 보이기 위해 작은 여행 가방을 열어 셔츠 세 장을 꺼낸다. 그녀는 자기 자신을 보지 않으려 피하면서도 옷장의 거울 속에서 움직이는 자기 모습을 본다.

방이 아주 작고, 테이블에는 아무것도 놓여 있지 않다. 칸막이 벽은 힘센 사람이 몸을 던지면 부서질 수 있을 만큼 약해 보인다. 노란색 벽지 위에 검은 평행선들이 굵은 빗줄기처럼 수직으로 그어져 있다. 잘 정돈된 침대 위에 흰 이불이 덮여 있다. 테이블 앞에 의자가 하나 있다. 그녀는 앉는다. 무엇을 할까? 니콜라가 죽은 지 십칠 일째다. 정말이다. 벌써 시간이 그만큼이나 지났고, 계속 지날 것이다.

*

아마도 이튿째 저녁에 바로 그 일이 시작되었다. 전날은 주의 깊게 보지 않았다. 거울 달린 옷장 문이 살짝 열리면 침대 전체가 그 거울에 비친다는 사실을 미처 알아채지 못했다. 그런데 그날 침대에 누워 있는데 한순간 내가 옷장 거울 속에 누워 있었다. 나는 나를 바라보았다. 거울 속 얼굴은 상냥하고 수줍게 미소 짓고 있었다. 눈 속에서 두 개의 물구덩이가 춤을 추고, 입은 굳게 다물었다. 나는 내 모습을 알아보지 못했다. 벌떡 일어서서 거울 달린 옷장 문을 닫아 버렸다. 옷장 문이 닫힌 뒤에도 두꺼운 거울 유리 안에서 내 형제인 듯 증오에 가득 찬 듯 알 수 없는 인물이 나를 향해 너는 누구냐고 묻는 것 같았다. 거울 속의 저 인물, 그리고 여기 누워 있는 내가 잘 아는 이 몸 중에 누가 더 나인가? 나는 누구이고, 지금껏 내가 나로 여긴 것은 누구인가? 내 이름마저도 나의 불안을 달래 주지 못했다. 나는 조금 전 갑작스럽게 마주한 모습이 나 같지 않았다. 나는 거울 속 상 주변을 떠다녔다. 하지만 거울 속 상와 나 사이에는 합쳐질 수 없는 불가능성 같은 게 있었다. 나와 거울 속 상은 언제라도 끊어질 수 있는 가느다란 추억의 끈으로 이어진 것 같았다. 문득 나는 이러다 미칠지도 모른다는 생각이 들었다.

게다가 거울 속 상이 내 눈에서 사라지고 나자 방 안에 그 상과 비슷한 수많은 상들이 차 있는 느낌이 들었다. 그 상들이 사방에서 나를 유혹했다. 무언의 마술 환등이 나를 둘러싸고 펼쳐졌다. 수많은 형체들이 정신없이 빠른 속도로 나타나서 나에게 다가왔다. 나는 쳐다볼 엄두가 나지 않아서 그저 짐작하기만 했다. 그 상들은 나를 끌어들이지 못하는 데 낙심한 듯 곧 사라져 버렸다. 나는 그중에 하나를 꼭 붙잡아야 했다. 아무거나 잡아서는 안 되고 단 하나, 내가 익숙해진, 먹을 때 팔을 쓰고 걸을 때 다리를 쓰고 미소 지을 때 얼굴 아랫부분을 쓰듯이 지금까지 함께해 온 형체가 필요했다. 하지만 그 형체는 다른 형체들과 섞여 있었다. 그것은 사라졌다 다시 나타났다 하면서 나를 가지고 놀았다. 어디엔가 내가 존재했다. 그런데 나는 나를 되찾기 위한 노력을 할 수 없었다. 최근에 뷔그에서 일어난 일들을 떠올려 봐도 소용없었다. 그 일들을 겪은 것은 내가 아니라 바로 오늘 저녁을 기다리며 늘 내 자리를 대신해 온 다른 여자였다. 나는 설령 미치게 된다 해도 뷔그의 사건들을 겪은 나의 자매를 꼭 찾아내서 껴안고 싶었다. 연달아 튀어 오르는 차갑고 낯선 상들 속에서 뷔그가 일그러져 갔다. 더는 뷔그를 알아볼 수 없었다. 기억할 수도 없었다. 그날 저녁, 오직 나 자신으로 줄어든 나에게는 다른 추억들이 있었다. 하지만 어둠 속에 쌓인 그 추억들 역시 내 기억까지 기어 올라오려고, 나타나려고, 숨 쉬어 보려고 애쓸 뿐이었다. 나보다 앞선, 내 추억보다 앞선 추억들.

내가 거울 속의 내 모습을 본 것은 우연이었다. 나는 내가 알고 있던 내 모습을 맞이한 게 아니다. 나는 내 얼굴의 기억을 이미 잃어버렸다. 그날 거울 속에서 처음 보았다. 그와 동시에 나는 내가 존재한다는 사실을 알았다.

나는 25년 전부터 존재해 왔다. 처음에는 아주 작았고, 그 뒤에 자라났고, 그래서 지금의 내 키, 앞으로도 계속 갖게 될 이 키에 이르렀다. 사람이 죽는 수많은 방식 중 한 가지로 죽을 수도 있었지만, 나는 지난 25년 동안 무사히 버텨 냈다. 나는 죽지 않고 살아 있다. 나는 숨 쉰다. 내 콧구멍에서 축축하고 미지근한 진짜 숨결이 새어 나온다. 나는 어쩌다 보니 쉽게 죽지 않는 데 성공했다. 지금 이 순간에 멈춘 듯이 보이지만, 집요하게 나아가고 있다. 내 삶이다. 나는 내 심장이 뛰는 소리를 듣고, 내 두 손의 손바닥은 서로 내 것임을 느낀다. 나의 소유다. 이 순간 나의 발견을 받쳐 주는 그것의 소유이다. 내가 남자들, 여자들, 동물들, 밀, 달들…… 수많은 것들과 함께 질주하고 있는 이 순간에도 그렇다.

나의 삶. 그것은 내가 맛도 모른 채 무심코 일부를 베어 먹은 과일이다. 지금의 이 나이도 이 모습도 내 책임이 아니다. 사람들은 이 모습을 알아본다. 이게 나다. 좋다. 어쩔 수 없다. 나는 바로 그 모습으로 정해졌고, 영원히 그렇다. 나는 스물다섯 해 전에 그렇게 존재하기 시작했다. 심지어 나는 나 자신을 내 팔로 안지도 못한다. 나는 내가 감싸 안지도 못하는 허리에 붙어 있다. 내 입과 내 웃음도 영원히 알 수 없다. 그래도 나는 나인 여자를 껴안고 싶고 사랑하고 싶다.

나는 다른 여자들과 비슷하다. 내 모습은 지극히 평범하다. 나이 역시 평균치다. 아직은 젊은 편이다. 내 과거가 흥미로운지 여부는 남들만이 말해 줄 수 있다. 나는 알지 못한다. 나의 과거는 나 스스로 정말로 일어난 일인지 확신하지 못하는 날들과 일들로 이루어진다. 그게 내 과거이고 내 이야기다. 나는 그 이야기에 관심이 없다. 바로 내 이야기이기 때문이다. 내가 생각하기에는, 내 과거를 정말로 간직하게 될 내일이 바로 내 과거다. 그러니까 내일 저녁부터가 내 과거다. 지금으로서는 내 과거가 아닌 모든 과거가 오히려 내 것이다. 예를 들어, 티엔의 과거와 니콜라의 과거가 내 것이다. 내가 살아갈 거라고 아무도 미리 말해 주지 않았다. 내가 언젠가 어떤 이야기를 가지게 될 줄 미리 알았더라면 나는 그것을 선택했을 거고, 내 마음에 들 수 있도록 좀 더 조심스럽게 살아 내서 아름답고 진실된 이야기로 만들었을 것이다. 너무 늦었다. 이야기는 이미 시작되었고, 어디인지 알 수도 없고 상관도 없는 곳으로 나를 멋대로 끌고 간다. 아무리 밀쳐 내도 이야기가 나를 따라온다. 모든 게 그 이야기 속에 자리 잡고, 모든 게 기억으로 분해된다. 이제는 그 무엇도 새로 만들어질 수 없다.

나는 지금의 나와 천 배는 다를 수 있었고, 그와 동시에, 나 혼자서 그 천 가지 다른 모습일 수 있었다. 하지만 지금 이 순간 나는 내 모습을 바라보고 있는 이 모습이다. 그 이상 아무것도 아니다. 그리고 지금부터 내 삶이 끝나는 순간까지 앞으로 약 서른 해, 서른 번의 10월과 서른 번의 8월을 더 살아야 한다. 나는 그 이야기의 함정에, 그 얼굴과 몸, 그 머리가 파 놓은 함정에 영원히 걸려들었다.

*

이곳에 온 지 사흘째다. 아무 일도 없다. 할 일도 없다. 티엔은 멀리 있다. 이제 사랑한다는 말이 무슨 뜻인지 어렴풋이 알 것 같다. 고통받는다는 것도, 다른 사람의 이야기에 관심을 갖는다는 것도 알 것 같다. 큰 문제는 아니었다. 단지, 내가 모르고 지냈다. 이제 나는 아무것도 하지 않고 다른 사람들이 알아서 해결하도록 내버려

두는 게 더 사려 깊은 태도임을 잘 알고 있다.

이곳은 고요하다. 뷔그에서는 오랫동안 무언가에 휘둘렸다. 언제나 돈을 너무 많이 쓰지 않기 위해 노력해야 했고, 우박이 내릴까봐 걱정했다. 그리고 니콜라의 장래가 신경 쓰였다. 니콜라가 스스로 원하는 대로 죽기 위해서 내가 필요하기라도 했단 말인가. 여기서 나는 아무것도 안 하고, 다른 사람들과 말도 안 한다. 그런데 신기하게도 지루하지 않다. 나는 지루함에 대해 생각하지 않는다. 권태는 멀리 있고 흐릿하다. 그래도 결국 올 것임은 이미 알고 있다. 권태가 자리 잡을 곳을 미리 파 놓아야 한다.

바다 쪽으로 알 수 없는 새들이 날아다닌다. 새들은 아주 높이 난다. 그러다가 이따금 내려와서 바위에 앉는다. 새들은 소금처럼 하얗다. 파도 머리에 배를 붙이고 쉬기도 한다. 가까이서 볼 수는 없다. 바닷새들이다. 울음소리가 처량하고 잔잔하다. 밤에 깨어 있노라면 그 새들의 울음소리가 들리는 것 같다. 하지만 바람 소리다. 먼바다에서 불어온 거센 바람이 육지의 단단한 것들에 부딪혀 갈라지는 소리다. 밤의 소리를 들을 때 바람 소리와 새 울음소리가 구별되지 않는다. 바람 소리를 들으면 자꾸만 새들이 떠오르고, 파도가 때리는 움푹한 바위 구멍 속에 있는 흰 눈처럼 하얀 새끼 새들이 떠오른다.

밤에 깨어 있을 때 나는 니콜라가 죽었다는, 이제 지에의 묘지에 영원히 잠들었다는 생각을 하고, 이 침대에 누운 나는 앞으로도 언제 끝날지 정해지지 않은 시간 동안 계속 살아 있으리라는 생각을 한다. 그런데 그런 생각은 매일 똑같고, 쉽게 벗어날 수 있다. 계속 같은 것을 생각하고 있다고 믿지만, 사실은 다른 것을 생각하고 있음을 깨닫게 된다. 하지만 여전히 같은 생각으로 느껴진다. 늘 비

숫하다. 나는 니콜라를 생각하기 시작하고, 결국 바람 속에, 바람이 때리는 바위 구멍들 안에 잠들어 있는 새들 생각으로 끝난다.

*

이따금 티엔을 생각한다. 해변에서 다 벗다시피 한 남자들이 내 앞을 지나갈 때 나는 티엔의 몸을 떠올린다. 그러면 내가 여자라는 생각을 하게 된다. 내가 그냥 아무렇게나가 아니라 여자로서, 오직 여자로 살아 있다는 생각을 한다. 지금까지 내가 다른 종의 생명으로 살고 싶었던 적이 전혀 없었던 것은 아니다. 클레망의 암캐처럼 언덕 위를 뛰어다니고 싶은 적이 있었고, 마당의 목련처럼 내 가지를 길게 뻗고 싶은 적도 있었다. 내가 개로 변하고 나무로 변하는 게 불가능할 것 같았지만 인정하지 않았다. 이제는 전혀 아니라고 확실하게 말한다.

나는 얼마나 위선적인가! 누구도 내 다리 사이의 심연을 보지 못한다. 그 심연을 발견하게 될 사람은 자기가 위에서 그것을 열었다고 믿을 것이다. 그 심연은 배신이고 순진함이다. 올 사람을 늘 기다리고 있던, 다른 것을 위한 결말일 뿐인 어떤 것이다. 심연의 바닥은 동시에 피난처이기도 하다. 하늘을 피하는 유일한 피난처이고, 세상을 감싼 최후의 벽 중 하나다. 나는 아무것도 할 수 없다. 그 곁에서 나는 아무것도 아니다. 하지만 그것은 내 안에 있고, 나에게 달라붙어 있다. 내 얼굴만 봐도 알 수 있다.

나는 쉽게 잊지만, 심연은 티엔에 대한 생각과 연결되어 있다. 티엔은 내가 사랑하는 남자다. 사는 동안 나는 이 싱그러운 우물을 오직 그에게만 건네줄 수 있을 것이다. 물론 내가 알지 못할 다른 심연들이 있을 것이다. 나는 티엔을 생각하면서 깨달았다. 내 심연은 내 것이고, 티엔의 것이다. 티엔을 알기 전에 나는 그 심연을 내 안 깊숙한 곳에 자리 잡은 무언가 텅 빈 것, 혹은 온전한 무지로 가득 찬 것으로 희미하게 느꼈을 뿐이다. 그것은 그 누구도 부르지 못하는 텅 빈 외침이 나오는 우물이었다. 그 안에서 어떤 힘이, 내가 그 앞에서 아무것도 할 수 없는 힘이 자라난 뒤로, 내 안에, 나에 맞서, 한 가지 형체, 티엔의 형체 주변에 한 가지 생각이 자리 잡았다.

하지만 다른 남자들이 있다. 그들도 존재한다. 미소와 함께. 나는 나를 찾는 그들을 보지 않을 것이다. 나를 찾아내는 그들을 바라보지 않을 것이다. 그들이 자신 있게 내 위에 엎드리는 소리를, 바람에 휩쓸려 모래밭에 내던져진 새들이 다시 일어서듯 어수선하게 일어서는 소리를 듣지 않을 것이다.

나는 한 남자의 여자다. 티엔은 그 무엇으로도 대신할 수 없다. 다른 남자가 아무리 많아도 티엔이 없는 나를 위로해 줄 수는 없다. 나는 더욱더 티엔을 찾게 될 것이다.

나는 티엔을 사랑한다. 이제 다시는 일어날 수 없는 일이다. 이미 일어났다. 이루어졌다. 나는 사랑한다. 티엔을 사랑한다. 티엔이 멀리 있어도 나는 티엔 아닌 다른 사람을 원하지 않을 것이다. 지금까지 나에게 가장 중요하다고 믿었던 것이 사라졌지만, 티엔에 대한 욕구는 그대로다. 나보다 현명한, 내가 무엇을 원하는지 나보다 더 잘 아는 일종의 지혜가 내 골반 가운데 버티고 있다.

태양이 곧 경주를 끝냈다. 바다는 아직 그대로 초록빛이고, 수평선이 선명하다. 하지만 알 수 있다. 미풍이 일고, 바닷물이 빠르게 높아지고 있다.

기억 속을 가장 멀리 되짚어가도, 나는 늘 아빠와 엄마 곁에서 열심히 일하고 있다. 그것 말고는 할 수 있는 일이 없었다. 잠도 마찬가지였다. 바람이 불고 폭풍우가 몰려오는 밤에도 굳세게, 내일 뜰 태양을 생각하며 자야 했다. 자기 소리를 들어 달라고 요구하는 바람 때문에 밤을 지새워야 했다. 스물다섯 살이 될 때까지 나는 늘 분별 있고 얌전했다. 나는 집요한 미소를 지으며 혹은 단지 튼튼한 팔만 가지고 다가오는 남자들을 맞아야 했다. 그리고 또 다른 사람들, 나의 부모를 나는 오직 아빠와 엄마로부터 질서와 기쁨과 슬픔을 기다릴 정도로 사랑하지 말아야 했다. 아빠와 엄마는 밖으로부터 올 변화만을 기다렸고, 매번 무엇을 위해서든 나를 버렸다. 죽음, 광기, 여행을 위해 버렸다.

아마 지금도 내 상황은 같다. 시간은 늦었고, 계속 그럴 것이다. 그때는 눈부셨는데, 나는 알지 못했다. 나는 내 몸을, 내 삶을 지독스레 아끼느라 쓰지 못했다. 그런데 지금은 시간이 늦어 버렸다. 망각 능력을 잃어버리고 나면 한 가지 삶이 결정적으로 사라진다. 그렇게 유년기를 벗어나는 것이다.

나의 유년기는 니콜라 안에 있었다. 니콜라가 나를 대신해서 내 유년기를 살았다. 나는 니콜라보다 다섯 살이 더 많았고, 아주 어렸을 나보다 작고 약한, 나보다 열심히 노는 니콜라를 보며 늘 경탄했다. 어느 날 니콜라가 놀다가 지쳐 들판에서 잠들어 버렸다. 나는 해 질 녘까지 니콜라를 지켜 주었다. 꿀벌과 뱀과 석양으로부터 지켰다. 니콜라는 리솔강의 넓은 계곡을 굽어보는 들판에서 혼자 잠들었다. 여섯 살이었다. 머리를 풀밭에 파묻은 탓에 니콜라의 숨결 때문에 머리 옆의 풀들이 규칙적으로 미세하게 몸을 굽혔다. 내가 니콜라를 안고 집으로 돌아왔다.

나는 니콜라를 별로 돌보지 못했다. 대부분 니콜라 혼자 들판을 뛰어다녔다. 니콜라는 지저분했고, 옷도 늘 엉망이었다. 갑자기 유년기의 밑바닥에 버려진 니콜라의 모습을 보는 게 나는 좋았다.

이제 니콜라는 죽었다. 니콜라는 철로에 누워 있었다. 나를 향한 사랑이 아닌 사랑으로 뜨거워진 그의 머리가 서늘한 철로에 닿았다. 기관차가 다가왔고, 아마도 니콜라는 그 모습을 보면서 자기가 죽기 위해 철로에 누워 있다는 사실을 잊었을 것이다. 니콜라가 그러고 있을 때 나는 티엔과 한 침대에서, 티엔과 함께 다 벗고 잠들어 있었나. 이미, 그때 이미 나에게는 니콜라가 나만큼 오래 살지 아닐지는 중요하지 않았다.

니콜라의 죽음은 죽으리라는 예상보다 더 쉽고 더 처참했다. 죽음은 이제 더는 일어날 수 없다. 나에게는 그 차이가 중요했다. 나역시 두께 하나를 잃었고, 옷처럼 나를 감싸고 있던 우연도 사라졌다. 나는 다 벗었다.

해가 기울었다. 몇 분 동안 태양 빛이 표면에 가득 찬 바다는 온통 사프란색이고, 그 빛의 껍질 아래서 바다는 그 어느 때보다 푸르고 차가웠다. 해가 지고 나니 이제 사방이 바다였다.

나는 방 안의 침대에 던져 놓은 내 원피스를 바라보았다. 그 옷에는 내 가슴 때문에 두 개의 가슴이 남아 있고, 내 팔 때문에 두 개의 팔이 팔꿈치가 튀어나오고 소맷부리가 벌어진 채 남아 있다. 나는 이제껏 내가 사용하면 물건들이 낡는다는 생각을 해 보지 않았다. 그런데 낡았다. 원피스는 등 아래와 허리 부분이 반들거리고, 겨드랑이는 땀 때문에 색이 바랬다. 나는 없어지고 싶었다. 나 대신 이 원피스를 남겨 두고 싶었다. 사라지기, 가 버리기.

(그녀는 얼굴이 아주 뜨겁게 화끈거렸다. 머리를 베개에 파묻었고, 당장 죽고 싶어 했다.)

처음 며칠 동안은 겁이 났다. 사방에 내 손이 보였고, 거울 속에 내 얼굴이 있었고, 걸음을 옮기다가 내 몸과 마주쳤다. 어떤 게 내 것인지 잘 분간할 수 없었다. 내가 누구인지 떠올리고 방 안에 돌아다니는 내 조각들을 한데 모으기 위해서 나는 쉼 없이 니콜라를 떠올렸다.

태양 아래, 해변에 혼자 있을 때는 다르다. 손가락 끝까지 심장 박동이 느껴지고, 갈비뼈 사이에 갇힌 두께가 채워졌다 비워지는 게 느껴진다. 나는 모래 위에 뻗은 맨살의 내 다리를 알아보지 못하지만, 뛰고 있는 심장이 내 것임을 안다.

*

오후 2시다. 하늘에 새겨지는 하루가 얼마나 길고 얼마나 느린지 알 수 없다. 나는 온종일 이러고 있다. 어제도 그랬다. 아니다…….

티엔이 그립지는 않다. 나는 티엔 생각을 하지 않고, 그를 다시 만나는 생각도 하지 않는다. 하지만 지금 이 순간의 맵고 신선한 바람에 실려 해변의 나에게로 온 바다 냄새는 알 것 같다. 그것은 다른 곳의 냄새다. 결핍, 자고 꿈꾸는, 나한테 신경 쓰지 않는 티엔이 없는 결핍의 냄새다. 수평선 깊은 곳에서 불어오는 바람은 티엔의 가슴에서 온다. 전보다 더 진짜 바람이다. 그의 피 같은 무언가를 스치고 온 바람이다. 내가 아는 야생의 소리, 소금과 강철의 맛, 전쟁의 냄새다.

티엔이 잠들었다. 나는 그의 숨소리에 귀를 기울였다. 그리고 여행들에 대해 생각했다. 티엔이 한, 나는 하지 못한, 티엔과 함께든 아니든 내가 결코 하지 못할 여행들을 떠올렸다. 티엔의 콧구멍에서 나오는 바람은 떠나는 길을 적시는 물보라 때문에 축축했다. 티엔은 나를 떠난 적이 있고, 여전히 나를 떠날 꿈을 꾸고 있었다. 그는 한 여자 곁에 누워 잠든 남자였다. 옆에 누운 여자를 떠날 결심을 하지 못하는 일종의 희생자였다. 나는 그가 불쌍했다. 그래도 그의 머리카락 위로 고개를 숙여 보니 건초 냄새가 났고, 그 냄새는 침대 전체에 배어 있었다. 그것은 '지금'의 냄새였다. 그 냄새는 티엔이 있다는, 망각의 밑바닥에 웅크렸지만 어쨌든 있다는 증거였다. 그 '지금'은 내가 애무할 수 있는 그의 몸이었다. 내 두 손으로 힘주지 않고 부드럽게 감싸고 싶은 그의 목, 내가 소리를 한 번 지르면 표면으로 올라와 깨어날 눈, 살짝 열린 입을 에워싼, 나에게 그의 목소리보다 더 그를 진짜로 만들어주는 주름살이었다. 할 일이 없고 할 일이 없었지만, 그래도 내 심장은 연민의 외침과 승리의 외침으로 가득 찼다.

*

이따금 한낮에 바람이 일곤 한다. 바다가 하얗게 변한다. 해가 사라지기도 한다. 갑자기 그림자들도 사라진다. 모든 게 마치 공포에 사로잡힌 듯 창백해진다.

두 시간 동안 태양 아래 꼼짝하지 않고 늘 똑같은 바다를 쳐다보고 나면 내 머리는 무엇을 해야 하는지 더는 알지 못한다. 더는 어느 생각이 더 좋은지 골라서 붙잡아 두지 못한다. 떠오르는 상념들이 모두 똑같은 수위에서 떠다닌다. 바다 위의 표류물처럼 나타났다 사라진다. 평상시의 모습과 의미를 잃어버렸지만, 부조리한, 잊기 힘든 방식으로 형태를 간직한다.

나에 대한 상념 역시 차갑고 멀다. 내 밖의 어딘가에서, 태양 아래 있는 모든 사물 중 하나처럼 평온하게 웅크려 자고 있다. 나라는 형태 속에 사람들이 내 것이 아닌 이야기를 부어 놓았다. 나는 그 이야기를 지니고 다닌다. 자기 것이 아닌 것을 맡을 때처럼 진지하고 무관심하다. 하지만 나는 내가 온전히 머무를 수 있는 나만의 사건이 존재한다고 생각한다. 그때가 오면 나는 나의 실패들을, 나의 보잘것없음을, 그리고 지금 이 순간을 내세울 것이다. 하지만 그 전에는 소용없는 일이다.

며칠 전에 녹슬고 비틀어진 못 몇 개가 삐져나온 나무상자 하나가 해변으로 밀려왔다. 한 면에 '오렌지'와 'CALIFORN'이라고 쓰여 있었다. 아마도 화물선 선원들이 박스를 열어서 오렌지를 꺼내 먹은 뒤 상자를 바다에 버렸을 것이다. 상자는 안에 들어 있어야 할 내용물 없이 해변으로 밀려왔다. 쓰임이 없어졌지만, 그 어느 때보다 '오렌지를 담을 상자'였다. 잠시 뒤에 썰물이 상자를 쓸어갔다. 상자는 힘차게 살아 있는, 미친 듯이 날뛰는 파도 머리로 다시 떠나갔다. 상자를 이룬 네 개의 판자 사이에 놓인 진정한 이야기가, 이야기의 진정한 부재가 하늘을 향해 절규했다.

하늘에 계속 같은 새가 하얀 원을 그리며 날아다닌다. 구름 한 점이 바다 위를 지나가면서 저녁의 얼룩을 만들고는 곧 지워진다. 내 손가락에는 베르나트 할머니의 것이던 비취반지가 끼워져 있다. 할머니는 보르네오에서 살았고, 세상을 떠난 뒤 20년 동안 이 땅에서는 겨우 세 번 언급되었다. 그리고 한 번 더, 조금 전 내가 한 게 마지막이다.

왜 티엔인가? 하고많은 남자 중에 왜 티엔인가? 지금은 티엔을 좋아하던 동안에 좋아하지 않았던 것들이 더 좋다. 그를 만지지 않아도, 기다리지 않아도, 그가 지금 내 생각을 하는지 생각해 보지 않아도 된다. 태양 아래서는 그렇다.

뒤에서 잡아당기는 것도 약하게라도 앞으로 미는 것도 없다. 니콜라 생각이 얼음처럼 차갑게 배 속을 지나가는 느낌이 사라졌어도 아쉽지 않다.

*

니콜라의 죽음을 돌아볼 때마다 그의 눈이 떠오른다. 그리 크지 않은 그 눈은 햇빛을 받으면 보랏빛을 띠었다. 그 눈 안에서 금빛의 입자들이 빛의 강도에 따라 잘 보이기도 하고 덜 보이기도 하면서 헤엄쳤다. 가운데 검은 동공, 늘 어두운 동굴의 입구. 붓털 같은 속눈썹이 에워싸서 먼지와 지나치게 강렬한 햇빛으로부터 동공을 지킨다. 니콜라는 그 눈으로 보았다. 저녁에는 잠을 자느라 그 눈을 감았다. 아침이면 다시 눈을 떠서 온종일 보았다. 부드러운 습기가 눈 표면을 적셨다. 눈꺼풀이 그 위로 자연스럽게 미끄러졌기 때문에 니콜라는 자기가 그 눈꺼풀의 존재를 느낄 수 있다는 생각을 한 번도 해 보지 않았다. 니콜라는 테라스에 서서 그 눈으로 리솔강 계곡 전체를 내려다보았고, 계곡을 덮고 있는 하늘을 보았다. 그 눈으로 뤼스의 눈을 보았고, 뤼스의 커다란 입이 자기 입에 다가오는 것을 보았다. 그의 눈은 마지막 순간까지 보았다. 마지막으로 본 것은 어두운 동굴에 새겨진 두 줄의 빛나는 철로였다.

이제 니콜라의 두 눈은 몸의 나머지 부분과 다리와 머리카락과 함께 관 속에 있다. 니콜라가 죽였다. 햇빛이 니콜라를 흠뻑 적시게 해 주던 그 눈을 죽였다. 바로 그 눈을 통해 햇빛이 니콜라를, 기쁨과 사랑을 적셨더랬다. 니콜라의 눈은 니콜라 이상의 무엇이었다. 그런 눈을 니콜라에게, 결국 그 눈을 죽이고 말 그에게 주지 말았어야 했다.

　이미 일어난 일, 앞으로 일어날 일은 저기 바다에 묻혔다. 춤추는 바다, 모든 과거와 미래 너머에서 춤추고 있는 바다에 묻혔다. 아침에 바닷가를 걷다 보면 때로 나도 춤추는 것 같다. 태양이 가볍고 모래가 축축하고 물고기 냄새가 나는 날에 그렇다.

　햇빛 아래. 내 손이 감싼 내 허벅지. 나는 허벅지를 애무한다. 따뜻한 손바닥이 행복한 허벅지의 시원한 기운을 만난다. 살짝 벌어진 겨드랑이에서 신선한 부식토의 냄새, 나의 체취가 올라온다. 내 피부가 만드는 그늘 아래 내 살이 일하고, 늘 한결같이 게걸스럽게 하루하루를 집어삼킨다. 나에게 일어난 모든 것, 사실 얼마 되지 않는, 하지만 정말로 나에게 일어난 것이 그 살 속에 묻혀 있다. 예컨대 내가 태어난 이후 내 두 눈이 본 것 모두, 전부, 전부가 내 살 속에 묻혀 있다. 내 눈은 목을 통해 내 몸과 이어져 있으니, 내 눈이 다른 사람, 예를 들어 니콜라의 눈을 대신해서 볼 수는 없다. 내 존재를 머물게 할 곳은 오직 이 몸이라는 존재뿐이고, 나는 내 몸의 존재를 통해 내가 존재하기 시작했다고 믿을 수 있다. 내 몸은 일하고 또 일했고, 니콜라의 죽음을 슬퍼하며 울었고, 티엔의 몸 아래서 죽으려 해 보았다. 내 몸은 늙는다. 그래서 좋다. 망각은 없다. 잊지 않았다. 몸을 생각하면 자랑스럽고, 누구에게나 똑같은 운명을 그토록 정직하게 받아들인 것에 경의가 느껴진다. 내가 가진 스물다섯 살의 몸은 아름답다. 지금껏 걸어 다닌 두 발은 단단하고 완전하다. 바로 여기 이 작은 살의 영역에서 모든 것이 일어났고 일어날 것이다. 언젠가 내 죽음이 깨물고, 우리가 같이 돌덩이가 될 때까지 입으로 달라

붙을 것이다.

지금으로서는, 나의 죽음은, 내 안에 살고 있고 나와 마음이
잘 맞는 자그마한 짐승이다. 아직은 모습을 드러내지 않는다. 죽음
에 대해 생각하노라면 그때야 내 배 속 제일 깊숙한 곳에 둥지를 튼
죽음을 느낄 수 있다. 죽음이 모습을 드러내면 나는 금방 알아볼 수
있다. 처음으로 4월에 더웠던 날이 있다. 티엔이 처음으로 키스한 날
이 있다. 다른 날들도 있고, 그날도 있다. 무엇이든 미리 알 수 있다.
죽음의 주둥이는 뜨겁게 달아오른 숨을 내쉬는 어린 고양이처럼 차
갑다. 마침내 아주 가까이서 마주 보게 된다.

좀 더 빨리 죽을 수도 있고 더 늦게 죽을 수도 있다. 어떤 경우
든 정신을 차릴 시간이 필요하다.

나의 죽음. 그 구멍을 막아 버리면 안 된다. 그 구멍이 있기에
머리가 자기 안에 자리 잡은 것으로부터 벗어날 수 있다. 밖으로 나
가면 거센 바람이 휩쓸어 간다. 아무리 사소한 것도 아끼지 말고 기
꺼이 쓸려 가기만 한다면, 곧 마음을 비우고 더 멀리 있게 된다. 기
운을 되찾고, 구원받게 된다. 그리고 바라본다. "저기 수영하는 사람
들이 있고, 더 멀리 바다를 바라보는 아가씨가 있고, 더 멀리 등대가
있다."

하지만 그 순간에 다리 하나를, 혹은 손가락이라도 움직여야
한다. (바로 그것이 죽어야 한다.)

*

옛날에 내가 잘 아는 어느 곳에 세상과 떨어져서 살아가는 가

족이 있었다. 그들은 다 같이 커다란 집에 살았다. 그들은 가난했다. 그들은 일했다. 너무 가난해서 늘 같이 지내면서 1년 내내 같이 먹어야 했다. 열심히 일하는 식구들과 일하지 않는 식구들이 같이 있었다. 노인들은 제대로 생각하지도 않고 말했고, 젊은이들은 별로 말하려 하지 않았다. 결국 서로 미워한다고 생각했다.

여름이면 그들은 담에 구멍을 내고 각자 6월의 길로 나섰다. 그리고 늦게, 많이 지쳐서 돌아왔다. 그러면 서로의 얼굴을 보지 않을 수 있었다. 그들은 곤히 잠들었고, 때로는 꿈도 꿀 수 있었다.

겨울이면 창문 너머로 그들이 보일 것이다. (하지만 실제로 본 사람은 없다.) 그들은 초췌해진 멍한 얼굴로 늘 똑같은 불 주위에 모여 있었다. 그들은 늘 똑같은 밭을 갈고, 같은 날에 일했다. 계절이 지나갔다. 그들은 삶을 바꾸지 않았고, 바꿔야 한다고 생각하지도 않았다. 그 집에는 끈질긴 꿈이 살고 있었다. 서로 영영 헤어질 수 있는 방법을 찾아내겠다는 꿈이었다. 그들은 자신들이 생각하는 것만큼 서로 사랑하지 않았고, 마찬가지로 서로 미워하지도 않았다. 하지만 그들은 이어져 있었다. 가난으로, 결혼으로, 꼭 헤어져야 하는 분명한 이유가 없다는, 그저 헤어지고 싶은 욕망뿐이라는 사실을 통해 이어졌다. 하지만 시간이 갈수록 그 욕망은 온갖 핑계를 동원해서 스스로를 부정했다. 기대를 너무 크게 키운 탓에 그에 맞는 핑계를 찾을 수 없게 된 것이다.

나는 너무나 오래 그들의 기다림으로 살아왔고, 결국 꿈들을 넣어 두는 가죽 부대를 손톱으로 뚫으려 애쓰게 된 것은 나였다.

나는 이어질 순간들을 기다렸다. 꿈들이 밤으로부터 솟아 나올 순간을, 사람들이 자기들 중 가장 용맹한 사람의 입에 키스하려고 정말로 드잡이할 순간을 기다렸다. 하지만 그들은 꿈에 이끌려 이미 너무 오래된 어둠 속에 가 있었고, 그래서 빛 속에서는 비틀거렸다. 어느 날 아침에 해가 떴지만, 시체들뿐이었다. 아무것도 없었다. 집은 다시 닫혔다. 같은 화로 주위에 모인 그들의 눈길을 다시 볼 수 없을 것이다. 이제 끝났다.

나만 여전히 남아서 아직도 이것을 안다.

안다는 것, 모른다는 것은 무엇일까? 안다고 한들, 점점 거대해지고 그 빛이 점점 더 삼킬 듯이 밝아지는 파도로 일어서는 저 공허를 마주한 나에게 어떤 일이 일어나고 있는지 알아볼 수 있을까?

*

바다 위 사방에서 꽃들이 한꺼번에 피어나고, 바닷속 1000미터 깊이에서 그 줄기가 자라는 소리가 들린다. 대서양 바다는 피어나는 거품들 속에 자신의 수액을 내뱉는다. 나는 나를 뱉어 낸 깊은 대지의 입구, 뜨겁고 진흙 구덩이인 그곳에 머무르다가 이제 왔다. 이제 표면이다. 바다 전체가 와서 햇빛 아래 쓰러질 수 있을 만큼 자리가 충분하다. 물의 부분들 하나하나가 공기의 형태와 결합해서 공기 주위에서 익어 갈 수 있다. 그 모습을 바라볼 내 자리도 있다. 나는 꽃이다. 내 몸의 모든 부분이 햇빛의 힘으로 피어났다. 내 손가락이 내 손바닥에서 피어나고, 내 다리가 내 배에서 피어나고, 내 머리는 머리카락 끝까지 피어났다. 뿌듯한 피로감이 밀려온다. 태어났다는, 드디어 탄생의 끝에 이르렀다는 피로감이다. 내가 태어나기 전에는 내 자리에 아무것도 없었다. 무無의 자리에 이제 내가 있다. 힘겨운 계승이다. 그래서 공기를 훔친 것 같은 느낌이 든다. 이제는 다 알고, 세상에 와 있기를 바란다. 나는 공기에서 내 자리를 훔친다. 만족스럽다. 그렇다. 나는 여기 있다. 날씨가 좋다. 햇빛 아래 나는 밀가루다.

*

어느 날 저녁에 나는 바다 가까이 있었다. 바다가 거품으로 나를 만졌으면 했다. 바다에서 몇 발자국 떨어진 곳에 누웠다. 바다는 곧바로 오지 않았다. 밀물 시간이었다. 바다는 처음에는 해변에 누워 있든 말든 신경 쓰지 않았다. 하지만 잠시 뒤 바다는 천진난만하게, 놀라지도 않고, 내 냄새를 맡기까지 했다. 그리고 마침내 그 차가운 손가락을 내 머리카락 속으로 슬며시 밀어 넣었다.

나는 파도가 활짝 피어나는 곳까지 들어갔다. 매끄러운 턱 같은, 막 먹으려 하고 아직 다물지는 않은 입 속의 입천장처럼 둥글게 굽은 저 벽을 지나가야 했다. 파도는 사람보다 조금 낮다. 하지만 나 누어지지 않는다. 그래서 당신은 머리도 없고 손가락도 없는 파도와 싸워야 한다. 파도는 밑에서 당신을 붙잡아서 30킬로미터 떨어진 곳까지 끌어가고 뒤집어 놓고 삼켜 버린다. 파도의 벽을 지나는 순간에 당신은 단숨에 적나라한 공포 속에, 공포의 세계 속에 놓인다. 파도의 머리가 당신의 뺨을 갈긴다. 눈은 불타는 두 개의 구멍이다. 팔과 다리는 물속에서 녹아 버려 들어 올릴 수 없고, 물에 매듭으로 묶여 버렸고, 그래도 아무 잘못도 저지른 적 없는 팔과 다리이고 싶다. (당신이 걷고 도망치고 도둑질할 때 사용한 그 팔과 다리가 소리친다. 난 아무것도 안 했어요. 아무것 안 했다고!) 무척 어둡다. 보이는 것은 흐릿한 빛 속의 정적뿐이다. 두 눈이 처음으로 바다의 눈과 하나가 된다. 우리의 눈이 오직 하나의 시선이 된다. 바다는 욕망으로 울부짖으며 당장 당신을 갖고 싶어 한다. 바다는 당신의 죽음이고, 당신의 오랜 수호자다. 당신이 태어난 뒤로 계속 따라다니고 당신을 엿보고 당신 곁에 슬그머니 누워 잠들던 바다이다. 그런데 지금은 저렇게 염치도 없이 울부짖다니.

마지막 힘을 다해, 호흡이 사라진 뒤에 남은 힘을 다 끌어모아 앞으로 나아가야 한다. 상념의 힘으로 나아가야 한다.

파도 너머는 고요하다. 그곳의 바다는 아마도 자신이 멈춘다는 것을 아직 알지 못한다. 그 바다에서는 하늘을 마주할 수 있고, 공기와 공기의 무게를 되찾을 수 있다. 호흡하는 폐를 가진, 가만히 있어도 수평선 한쪽 끝에서 다른 쪽 끝까지 하늘을 훑을 수 있는 눈을 가진 평화로운 짐승이 된다. 30미터의 물이 당신을 모든 것과 갈라놓는다. 어제와 오늘로부터, 남들로부터, 곧 방에서 다시 만나게 될 자기 자신으로부터. 이제는 호흡하는 폐를 가진 살아 있는 짐승일 뿐이다. 생각도 할 수 있는 그것은 서서히 습기에 젖고, 불투명한 것을 흡수하고, 그 불투명한 것이 계속 젖고, 더 고요해지고, 더 춤추는 것 같다.

하지만 곧, 갑자기, 상념이다. 상념이 돌아오고, 두려움으로 헐떡이고, 거대해진(바다가 달라 붙을 만큼 거대해진다), 머리에 부딪힌다. 불현듯 상념은 자기가 죽은 두개골 안에 있을까 봐 두렵다. 그러면 새 친구가 된 손과 발을 움직여 본다. 영리하게 바다와 같이 미끄러져서 해변에 던져진다.

호텔에 돌아온 나는 창밖을 바라본다. 바다를, 죽음을 바라본다. 이제 우리에 갇힌 것은 바다다. 나는 바다를 향해 미소 짓는다. 나는 어린 소녀였다. 조금 전 나는 어른이 되었다.

*

T⋯⋯에 온 지 아흐레째다. 티엔이 준 돈이 아직 남았다. 매일 해 온 대로 나는 다시 해변에 누워 나에게 주어진 시간이 아직 많다고 되뇐다. 멀리서 담배를 문 흑인 남자가 다가온다. 이미 멀리서부터 그를 보았다. 같이 좀 있어도 되겠냐고 묻는 그에게 나는 좋다고 했다. 옆에 앉아도 된다고 했다. 그는 곧바로 앉았다. 나도 일어나 앉았다. 그는 서른 살이고, 안색이 나쁘다. 그의 목에는 도시 사람들 같은 목깃 자국이 남아 있고, 손은 가냘프고, 눈은 햇빛에 지쳤다. 남자는 내가 마음에 든다. 내가 빤히 쳐다보자 자신감이 줄어든 듯했다. 그는 나에게 담배를 권했다. 나는 담배를 피우지 않는다고 말했다. 남자는 조금 전 나에게 끌렸던 것을 떠올렸다. 이젠 조금 긴가민가했다. 무슨 말을 더 해야 할지 알지 못했다. 그는 바다 쪽으로 고개를 돌렸고, 10월 초인데도 날씨가 참 좋다고 말했다. 그리고 나에게 계속 T⋯⋯에 머물 거냐고 물었다. 사실 나도 잘 몰랐다. "이곳은 9월 말이면 다 끝나요." 남자가 무덤덤하게 말했다. 그리고 계속 바다를 바라보았다. 아마도 또 무슨 말을 할지 생각나지 않았다. 끝난다는 게 무슨 뜻일까? 그는 10월 말이면, 아니 그 이전에도 너무 추워서 바닷물에 들어갈 수 없고 사람들도 다 떠난다고, 기차도 뜸해지고 호텔들도 문을 닫는다고 했다. 그리고 또, 비가 온다고, 바다가

안개로 덮이고, 해변에는 아무도 없고, 바람이 분다고 했다. 보름 뒤, 늦어도 3주 뒤에는 그렇다. 남자는 이미 여러 번 여름에 이곳을 찾았기에 모든 것을 알고 있는 얼굴로 태양을, 물속에서 헤엄치는 사람들을, 초록빛의 바다를 바라보았다. "이제 내년까지는 계속 이래요. 여름휴가는 참 빨리 지나가죠." 지금 이 여름이 갖는, 더 이전의 어떤 여름도 갖지 못한 힘을 가진 것은 다음 여름뿐이었다. 그의 무릎 위에 엇갈려 얹은 두 손이 마치 장난치듯 하염없이 움직였다. 그의 마른 입술이 얼굴에 쓸쓸한 자국을 남겼다.

나는 끝이 어떤 식으로 오는지 설명해 달라고 했다. 잘 아는 사람이니 바닷물과 하늘에서 이미 계절이 끝나는 징후를 알아볼 수 있는지 물었다.

"좀 서늘한 아침 저녁 말고는 그래도 8월이 끝났다는 사실을 잊을 수도 있죠." 그렇다고 날씨가 계속 좋다는 뜻은 아니라고, 어느 순간 갑자기 나빠질 거라고 남자가 덧붙였다.

그는 여전히 멍한 눈으로 바다를 바라보았다. 나는 그의 얼굴을 보고 싶었다. 그가 거짓말을 하는지 아닌지 확인하고 싶었다.

"난 휴가가 1년에 3주뿐이죠. 부활절 때 일주일 썼고, 그러니 9월에 휴가를 쓰는 게 좀 무모한 짓이긴 하죠. 좀 더 일찍 오고 싶었는데 집에 일이 있었어요. 그래도 사람이 덜 붐비니까 꼭 나쁘기만 하진 않아요. 호텔에서 대접도 더 잘 받고, 어떤 의미에선 쉬기 더 좋죠."

그러더니 남자는 갑자기 눈을 작게 뜨면서 수줍은 눈길로 나를 쳐다보았다. 그러더니 자기 '또한' 고독을 좋아한다고, 사람들은 심술궂고 이기적이라고, 호텔에서도 분명하게 느낄 수 있다고 했다.

9월에 온 마지막 손님들을 붙잡아 두려고 얼마나 애쓰는지! 8월엔 전혀 다르죠! 8월에 온 적 있어요? 없어요? 8월에는 손님 접대가 볼 만하거든요! 내오는 음식은 다 식어 있고, 서비스도 엉망이에요. 남자는 그래서 자기는 이렇게 늦게 온 것을 후회하지 않는다고 했다. (그리고 다시 한번 나를 힐끗 쳐다보았다.)

나는 그가 그만 가주기를 바랐지만, 그러면서도 그에게 계속 질문을 하고 그의 말을 계속 들어 주었다.

나는 남자에게 호텔도 별로인데 왜 올해도 T……로 왔느냐고 물었다. 그가 대답했다. "어쩌겠어요. 익숙해진 거죠. 사실 다른 데가 봤자 마찬가지거든요." 그의 눈이 조금 전보다 동그래졌다. 나는 그의 눈에 대해 생각했다. 그 눈이 얼마나 유용한지, 눈 덕분에 저녁에 비틀대지 않고, 소중한 다리가 부러지지도 않고, 비프스테이크를 자기가 좋아하는 방식대로 자를 수 있고, 그리고 또…… 또…… 많은 일을 하는 눈이 아닌가. 도시의 남자, 모든 도시의 남자들은 비슷한 눈을 가졌다고, 그래서 잘 돌아다닐 수 있다는 생각을 했다. 만일 작은 칼이 있고 용기와 충분한 힘이 있으면 나는 남자의 눈을 파내 버리고 싶었다. 저 남자가 해변에서 비틀거리는 모습을 보고, 그가 지금 우리 머리 위에 펼쳐진 하늘을 영원히 기억하게 만들고 싶었다. 푸른, 푸른, 푸른 하늘. 멀리 구름 몇 조각이 아주 조금씩 하늘을 에워쌌다.

그래서 어떨 것 같아요? 내가 알고 싶은 건, 곧 여름이 끝날지에 관한 그의 생각이었다. 그는 바다를, 수평선을 바라보았다. 다 알고 있는 그가 어깨를 살짝 들썩였다. "내 말 믿어요. 물론 틀릴 수도 있지만, 지금 이 좋은 날씨가 곧 끝나진 않을 겁니다."

나는 더 듣지 않았다. 내 허리에서부터 얼굴 위까지 웃음이 솟구쳐 올라왔다. 눕자. 너무 좋아서 나는 더 앉아 있을 수 없었다. 조금 전 나의 웃음은 심벌즈처럼 울려 퍼지는 바람 소리 속에서 터져 나온 장례의 축제였다. 집들은 문을 닫고, 수부들은 길을 잃고, 텅 빈 기차가 이리저리 흔들리고, 낯선 곳에서 온 나는 바람의 채찍질에 쫓겨났다.

다시 닫혔다. 광채 없는 바다는 여전히 사지가 부풀어 오른 젊은 여자처럼 춤춘다.

남자는 내가 던진 질문들에서 용기를 얻은 것 같았다. 나에게 끌렸던 순간도 떠올렸다. 그는 제과 도매 회사에서 일했다. 남자가 담배에 불을 붙이면서 자기 인생을 이야기하기 시작했다. 그는 불행을 많이 겪었다. 소매업자들과의 거래를 맡아 하는 지금 자리에 오르기 위해 끔찍한 영업부장과 몇 년 동안 싸워야 했다.

저녁이 다가오고 있었다. 나는 그에게 미안하다고, 혼자 있고 싶다고 말했다. 그는 내일 다시 볼 수 있느냐고 물었다. 나는 내일도 혼자 있고 싶다고 했다. "괜히 주저리주저리 얘기해서 지겹게 해 드렸군요. 미안합니다. 나도 모르게 말이 나왔어요." 그가 일어섰다. 나는 대답을 피했다. "저 때문에 지겨웠던 것 압니다. 하지만 이해해 주는 사람한테 말하면 마음이 편해지거든요." 그러면서 내가 저녁마다 여기 나와 있느냐고 물었다. 자기는 수영하러 올 거라고 했다. 나는 이쪽은 위험하다고 알려 주었다. 그가 다시 잘난 척했다. "그렇다면 더더욱 와야죠. 무섭지 않아요. 내일 와서 수영해야겠군요. 그럼 이만 가 보겠습니다." 그는 웃옷을 열어 젖힌 채로 휘파람을 불며 갔다. 하지만 내 시선을 의식한 탓에 걸음이 어색했고, 이따금 두 발이 서로 부딪힐 뻔하기도 했다.

　　그 뒤로 며칠 동안 남자는 내 앞을 지나갔고, 나는 자는 척했다. 그는 내가 있는 자리에서 걸음을 멈추지 않았고 물속에 들어가지도 않았다.

*

　　우리는 제롬을 따라갔다. 니콜라는 온통 땀에 젖었고, 젖은 얼굴에서 두 눈이 빛났다. 아직 이른 시각이었다. 리술강 계곡의 가장자리에 어두운 여름 새벽이 황갈색으로 길게 뻗어 있었다. 제롬이 너무 힘겹게 천천히 올라갔기 때문에 우리가 언덕 위에 섰을 때는 이미 해가 다 떠올랐다. 그때 잠든 숲의 냄새에 섞인 니콜라의 땀 냄새가 아직 기억난다. 나는 아직도 니콜라의 입을, 김이 나는, 아무것도 모르는, 조금 전 무슨 일이 일어났는지 말하지 못하는 그의 입을 갈망한다. 니콜라, 니콜라. 이제 제롬과 니콜라는 마치 벌받는 아이들처럼 지에의 묘지에 나란히 누워 있다. 이제 나는 끼어들 수 없다. 하지만 모든 것이 정지된 뷔그, 8월이면 가장 민감하게 느껴지고 가장 견디기 힘들어지는 뷔그의 부동성은 언젠가 터져 버려야 했다. 쑥쑥 자라나는 노엘을 제외하고 뷔그의 식구들은 모두 자신이 그곳에서 늙어 가리라고, 자신들의 살갗을 덮은 침묵이 나날이 두꺼워지리라고 짐작할 수 있었다. 서로 영원히 갈라서는, 각자 자신의 길을 떠나는 날을 기다렸기에, 그래서 그렇게 짐작할 수 있었다. 그들은 오랫동안 기다렸다. 그뿐이었다. 그런데 지금 생각해 보면, 나는 그저 다른 사람들이 기다리는 것을 뭔지도 모르는 채로 기다렸다. 니콜라는 나와 달랐다. 내 눈길이 니콜라에게 가닿기만 해도 그의 꿈이 나를 가득 채웠다. 내가 무엇인가 하기로 마음먹은 것은 니콜라가 보랏빛 부재가 담긴 눈길로 나를 너무 많이 쳐다보았기 때문이다. 그래서 나는 니콜라를 제롬과 맞서게 만들기로 했다. 그 누구도 나만큼 잘할 수 없었다. 다른 사람들에게는 각자 그 일이 일어나길 바랄 자기만의 이유가 있었고, 각자에게 너무도 소중한 그 이유를 누구와도 나눌 수 없었기 때문이다. 어쩔 수 없었다. 니콜라는 설령 제롬이 훨씬 더 심한 짓을 저질렀어도 분노하지 못했을 것이다. 제롬이 어떤 짓을 저지른다 해도 니콜라로서는 어차피 제롬의 여러 면 중에 한 면에만 해당하는 것을 두고 그에게 죄를 물으려 하지 않았을 것이다. 어쩔 수 없었다. 사실 자기가 어떤 일을 당했다고 해서, 아무리 심한 고통을 겪고 증오심이 솟구친다 해도 남을 죽일 권리가 생기는 건 아니다. 제롬을 벌할 수 있는 방법, 우리가 만족할 수 있는 방법을 찾기는 불가능했다. 아닌 척 위선을 떨 수는 없었다. 내가 제롬을 원망한 이유는 오로지 니콜라였고, 하지만 제롬은 혼자 죽을 수 없었고, 나는 우리가 제롬과 갈라서는 길은 그 방법밖에 없다는 사실을 알고 있었다. 제롬이 죽어야, 혹은 죽음의 위기를 겪어야, 두려움을 느껴야 했다. 티엔이 나에게 이 얘기를 꺼낸 날, 내 대답이 거짓이었을 수도 있다. 아니면 내가 이미 알고 있었음을 지금에야 깨달았을 수도 있다.

　제롬이 죽자 니콜라는 곧 뤼스를 만났다. 그런 일이 일어날 줄 미리 알았어야 했다.

　클레망스가 떠나게 두는 것은 뤼스를 니콜라에게 주는 것과 마찬가지였다. 나는 그러고 싶었다. 처음에는 그랬다. 나중에 니콜라가 뷔그에 못 견디게 싫증을 내면 떠나게 해 주면 된다고 생각했다. 그런데 내가 한 일은 결국 새를 바람에 풀어놓는 일이었다. 니콜라는 진짜 한 마리의 새였고, 나 때문에 영원히 새로 남게 되었다.

행복하지도 불행하지도 않은 사건이었다. 그냥 무언가 일어났다. 니콜라의 죽음이 일어났다. 니콜라의 죽음은 제롬의 장례를 치르고 돌아온 날에 뤼스와 함께 뷔그에 들어섰다. 그날 저녁 이후로 니콜라는 더 이상 우리 것이 아니었다. 니콜라는 뤼스 것도 내 것도 아니었다. 나에게는 니콜라를 살게 할 수 있는 말이 없었고, 죽지 못하게 막을 힘도 없었다. 그 순간부터 나는 더 이상 니콜라에게 관심을 갖지 않았다.

권태가 전보다 더 공허하고, 더 매끈하다. 그림자 하나 없는 권태다.

니콜라는 사랑 때문에 죽어야 했다. 그의 용기는 제롬을 죽인 데 있지 않다. 사랑한 게 진짜 용기였다. 나는 그것이 정당하고 또 정당하다는 것을 알고 있다. 잘 어울리는 옷처럼 정당하고, 새벽 여명처럼 정당하고, 저녁이 정당한 것처럼 정당하다.

모래 속에 몸을 웅크려서 완전히 자갈이 되어 버린 작은 게들이 보인다. 나는 마음이 평온하고, 이따금 어린아이들처럼 움직이는 게들을 보면서 기분이 좋다.

*

전적인 확신이 가능할까?

제롬과 클레망스의 일을 니콜라에게 알리기로 마음먹은 그날 밤이 또렷이 기억난다. 그날 나는 잠들지 못했다. 티엔을 기다렸다. 나는 귀를 기울였다. 옆방에서 속삭이는 소리 때문에 티엔이 내려올 때 삐걱대는 계단 소리가 가려질 것 같았다. 기다리느라 화가 났다. 밤마다 티엔을 기다리면서 내 머리와 내 시간을 다 바치는 게 짜증 났다. 살면서 가장 수치스러운 순간으로 느껴졌다. 하지만, 어쩔 수 없었다.

어둡던 밤이 밝아 오고, 정원 아래쪽 하늘이 하얗게 변했다. 푸른 나뭇가지들이 부드럽게 흔들리기 시작했다. 한 줄기 미풍이 벽으로 미끄러져 들어와 새벽을 애무했다. 마치 먹이를 찾고 냄새를 맡는 짐승처럼 새벽이 왔다.

창살 달린 창문 앞에 서 있던 나는 내가 다시 한번 밤새 티엔을 기다렸음을 깨달았다. 그런데 저들은 옆방에서 한참 전에 잠들었다. 무엇을 해야 할지 잠시 막막했다. 머리를 창살에 들이박아서 박살 내고 그 안에 들어 있는 수치스러운 상념들을 쫓아 버릴까? 아니면 미친 듯이, 진짜로 미친 사람처럼 웃어 젖힐까? 하지만 그 생각을 하자마자 웃고 싶은 마음이 사라졌다. 절망하고 싶지도 않았다. 나는 나 자신의 모든 것을 용서했다. 그리고 서서히 이유 없는, 격정적인 기쁨의 공간으로 들어섰다. 해가 뜨고 있었다. 다 기억난다. 눈처럼 흰 긴 빛줄기가 정원의 안개를 가로질렀다. 그리고 거의 동시에 닭장에서 닭이 노래를 불렀고, 지에로 가는 길에서 짐수레 바퀴가 삐그덕대는 소리가 들렸다. 방으로 돌아오니 모든 것이 형태와 색채를 되찾았다. 침대는 누운 흔적 없이 정돈되어 있고, 내 몸은 티엔이 좋아하는, 빨간색 바탕에 회색 꽃무늬가 있는 두꺼운 무명 원피스를 입고 있었다. 밤이 끝났다. 나는 아침 식사 전에 산책을 하기로 했다. 행복했다.

나는 더 이상 아무도 원망하지 않았다. 티엔도 원망하지 않았다. 위층에서 여전히 잠들어 있는 티엔을 얼핏 보았다. 그는 입을 꼭 다물고, 잠의 쾌감에 싸여, 세상일에 아무 관심 없이 자고 있었다. 나는 티엔이 무심한, 너무도 자유로운, 너무도 현명한, 욕망 없는 남자라서 좋았다.

티엔은 아직 모르고 있다. 나 혼자만 안다. 언젠가 내가 그와 함께하리라. 티엔이 뷔그를 떠난다 해도 그렇게 될 터였다. 티엔은 아무것도 몰랐다. 자기가 곧 내려오게 되리라는 걸. 내가 마음에 들고, 내가 좋아서 사랑하고 싶은 욕망이 생기리라는 걸 알지 못했다. 아직은 무언가 가로막는 것 때문에 내 방으로 내려와야 한다는 생각을 받아들이지 못할 뿐이었다. 티엔은 나를 좋아하고 있다는 사실을 자기 자신에게도 숨겼다. 티엔을 가로막는 것은 뷔그에서 우리의 생각을 끝까지 밀고 가지 못하게 가로막는 바로 그것이었다. 그것은 우리가 무기력을 벗어나기 위한 행위를 할 수 없게 가로막았다. 그래서 우리에게 그것은 그 어떤 파렴치한 짓보다 하기 힘든 행위였다. 그런데 그날 아침 할 수 있다는 생각이 든 것이다. 나는 그 행위의 윤곽을 그렸고, 명확하고 장식 없는 상태로 내 손가락 사이에 붙잡아 둘 수 있었다.

마침내 뷔그의 문이 열리리라. 곧 넓은 현관에 니콜라의 웃음소리가 퍼져 나가고, 곧 불가에 따뜻한 온기가 감돌게 되리라 믿었다. 곧, 다가오는 겨울이면 그렇게 될 줄 알았다.

그러고 나면 봄, 이어 다른 계절들, 타오르듯 더운, 꽃이 활짝 피어난 계절들이 오리라 믿었다. 아! 티엔도 나를 놀래 주려고 몰래 내 방으로 내려오고, 그의 단단한 두 손이 내 허리를 감싸고, 마침내 그의 얼굴에 터진 웃음이 내 눈과 입술에 빛을 퍼트릴 줄 알았다.

하지만 나는 사실 그 어떤 것도 확신하지 못한다.

시간이 지났다. 좋다. 내일 니콜라한테 말하자. 마침내 다 드러나리라.

하지만 막상 니콜라가 제롬에게 따지고 든다는 생각이 들자 이튿날 일어날 일을 생각하며 슬퍼졌던 기억이 난다.

내가 왜 그러고 싶었는지는 중요하지 않았다. 심지어 나는 티엔도 잊었다. 마침내 제롬을 없앨 방법을 찾았다는 생각이 드는 순간에 심지어 아쉬움이 느껴졌다. 거짓말을 하고 비열해지고 미련해지지 않고서는 해결책이 없는 상태를 해결할 방법을 너무 간단하게 찾아낸 것 같았기 때문이다.

아침이 오기도 전에 나는 이미 수치스러운 편리함 앞에서, 우리가 삶의 거의 모든 상황에서 찾아내는 편한 방법 앞에서 망연자실했다.

나는 저녁에, 그리고 조금 위험한 곳에서 수영하는 게 좋다. 적어도 어떤 승부가 벌어지는지는 정확히 안다. 그리고 밤이 되면 교활하고 용감한 이 육체와 화해하고 평화롭게 잠든다.

*

    지금 이 오후에 이르기까지 얼마나 많은 날들을, 저녁부터 아침까지 온종일 얼마나 많은 날들을 보냈는가. 할 일이 없다. 옆에 아무것도 없다. 늘 똑같은 바다뿐이다. 늘 오늘이 가장 외로운 날이라고 생각하지만, 그렇지 않다. 날이 갈수록 더 외로워진다. 매일 아침 이 땅에서 한 걸음도 더 나아가지 못하겠다고 생각하고, 매일 저녁 이미 고독뿐인 공간을 한 번 더 지나왔음을 깨닫는다. 중요한 어떤 것도 생각하지 않는다. 뷔그에서 생각하던 것을 생각할 뿐이다. 하지만 그 상념마저도 유령이 된다. 이제 그것은 머리가 아무것도 생각하지 않는 동안에만 생각되는 그런 것이 된다.

    티엔 생각이 지겨워진다. 아빠와 엄마가 미소 짓는 모습을 보고 싶고, 제롬이 자주 하던 얘기, 내가 결코 들을 수 없었던 얘기를 한 번 더 듣고 싶다. 하지만 서서히 전부 필요 없다는 생각이 든다. 다시 만날 생각을 하면서 몸서리친다. 눈앞에 티엔이 살아 있다는 생각만 해도 얼굴이 창백해진다. 이제 모두 추억으로만 남았으면 좋겠다. 살아 있는 그들을 다시 만난다는 생각을 하면 심한 무력감이 밀려온다. 나는 다른 손님들과 마주치지 않기 위해서 호텔에 일부러 늦게 돌아간다. 그들이 해변에서 내 곁을 지나갈 때면 나를 알아보지 못하기를, 나를 알고 있다고 표 내지 않기를 바란다. 그들의 목소리는 고통이다.

    계속 더 깊이 틀어박히고 싶고 숨고 싶고 혼자 있고 싶다. 점점 더 커지는 침묵 속에서, 음험하게, 나 자신과 단둘이 마주 보고 싶다. 사람들을 견디기 힘들다. 사람들을 보고 있노라면 이전에는 바로 그들처럼 편안하고 시끄럽고 꼴 보기 싫게 만족스러워하면서 웃고 말했었다는 사실이 떠오른다.

하지만 다 괜찮다. 밤을 다 짜내고 춤이 끝나고 새벽이 오고 곧 날이 시작되면, 생각하기 시작한다. 그러니까 더 이상 춤출 수 없도록, 춤이 가장 불가능한 것이 되도록 춤을 추어야 했다. 아침의 신선한 침묵 속에서 스스로를 되찾고 싶어지도록 머리가 금관 악기들의 소리와 빛들로 찢겨야 했다. 무도회가 끝나면 다시는 춤추지 않을 것이다.

고독한 나날을 보내고 나면 자기 자신의 무지가 좋아지고, 그 무지와 함께 단숨에 불이 붙는다. 서서히 곧게 타오르는 그 불길을 흩뜨리지 말아야 한다. 무슨 말을 해서 어떤 것에 대해서든 설령 작은 것이라도 의견을 드러내지 말아야 한다. 새롭게 무지 속에 자리 잡아야 한다.

바다를 바라본다. 그렇게 바다만 바라보다 보면 바다에 맞서느라 지치고, 얼마 안 되는 기억들이 완전히 고갈된다. 어떤 무지의 착란에 휩쓸려갈지 알 수 없다. 스스로 고갈되고, 그러느라 미칠지도 모른다. 하지만 여전히, 더없이 소심한 이 두 팔과 두 다리 사이에 영원히 머물고 있다. 바다만 바라보노라면, 바다가 수어手語로 말한다. 점점 더 분명하게, 무언가 결정적인 일을 하라고 부추긴다. 정숙함을 버리라고, 더러운 옷을 벗어 버리듯이 긍지를 벗어던지라고 부추긴다. 용기를 내서 자기 모습을 보라고, 자신만을 위해 춤출 수 있을 때까지 바라보라고 한다. 이제 나 자신을 떠나야, 나의 절대적인 무지, 일체의 것에 대한 나의 무지의 승리 앞에서 춤출 수 있을 때까지 떠나야 한다.

*

슬프든 즐겁든 마음대로다. 나는 온종일 잘 쉬었고, 저녁이면 상념의 행렬이 내 방으로 들어오게 내버려 둔다. 늘 똑같은 상념이다. 그냥 둔다. 창문은 바다를 향해 열려 있다. 하늘은 거의 보이지 않는다. 모두 검다.

나는 뷔그의 집 왼쪽에서 앞으로 살아갈 날들을 헤아려 본다. 10년, 20년, 40년…… 아무런 특징도 없을 시간이다. 그 어떤 일도 일어날 수 없다. 이제 나는 어떤 일이든 일어나길 더는 바라지 않는다. 나는 뷔그의 튼튼한 벽 속에 은신해서 땅을 바라볼 것이다. 때로 흰 눈으로, 때로 열매들로, 때로 진흙으로 덮이고, 혹은 흰옷 입은 약혼식으로, 혹은 우유로, 재앙으로, 눈물로 덮일 땅.

나의 상념들. 멀리 떨어뜨려 놓을수록 말 많은 인간이 되어 요란스럽게 돌아온다. 그리고 곧 모두 자리 잡는다. 하나도 빠지지 않는다. 나는 그 상념들을 알고 있다. 잡동사니들이지만, 한 개만 없어져도 속상할 것 같다.

언젠가 티엔을 사랑하는 내 마음이 끝날 것이다. 생각해 보면 정말 티엔을 사랑하는지도 잘 모르겠다. 언젠가 나는 티엔의 추억 없이, 온종일 한 번도 그의 이름이 내 입술을 적시지 않은 채로 살아갈 테고, 언젠가, 나는 죽을 것이다.

지에의 무도회에서 만난 젊은 남자가 생각난다. 그가 열일곱의 나에게 춤을 청했다. 그날 저녁 내내 춤을 잘 추려고 잔뜩 긴장한 순진한 그의 몸이 내 몸에 닿았다. 내가 춤출 나이가 된 뒤로 처음으로 나를 눈여겨본 남자였다. 그는 잊혔다.

어느 날 니콜라가 죽었다. 어느 날, 9월의 어느 아침에 나는 눈을 떴고, 니콜라는 땅에 묻혔다. 완전히 묻혔다. 구덩이가 닫혔다. 완전히 닫혔다.

하지만 언젠가. 나는 그 순간이 잊힐 수 없는 것임을 안다. 그래도 난 언젠가 잊을 것이다. 나는 안다. 잊게 된다.

잠을 잘 자야 한다. 이곳의 밀크커피가 맛있다. 로비로 내려가면 커피가 준비되어 있다. 내가 다른 모든 이를 위해 커피를 준비해야 했던 뷔그와 다르다. 아침에 밖으로 나서면 바닷바람이 너무 강하게 또 너무 부드럽게 뺨을 때린다.

*

어떻게든 티엔이 나를 보게, 그의 방 문이 열리게 해야 했다. 내가 그렇게 하지 않았으면 티엔은 결코 오지 않았으리라. 제롬을 죽여야 했다. 억지로라도 티엔이 호기심을 가지게 만들기 위해서였다. 리솔강의 제방 위에 옷을 벗고 그의 곁에 누워야 했다. 억지로라도 티엔이 나를 보게 하기 위해서였다. 사람들이 흔히 아무 여자한테나 하는 말을 티엔은 나에게 하지 않았다. 그러니까 티엔은 내가 아름답다고 말하지 않았다. 내 질문을 받은 엄마는 내가 못생기지는 않았다고 했다. 얼굴 윤곽이 반듯하고 머리숱이 많은 모습이 예쁘고 사랑받던 엄마의 여동생과 닮았다고 했다. 하지만 내가 아름답다고는 말하지 않았다. 누구라도 들을 권리가 있는 말이 아닌가. 어떤 점에선 모든 경우에 맞는 말이 아닌가. 나는 한 번도 듣지 못했다.

나 자신을 바라보노라면 다른 사람들의 생각에 동의할 수 없을 때가 있다. 밤에, 다른 방들에서 아무런 기척이 없을 때, 무심한 세상을 떠올리게 하는 그 어떤 기척도 없을 때, 내 눈에 내가 아름다워 보인다. 균형 잡힌 내 몸을 바라보면 뭉클해진다. 이 몸은 진짜다. 정말이다. 나는 진짜 사람이다. 나는 한 남자에게 아내의 역할을 할 수 있다. 아이를 배고 아이를 낳을 수 있다. 내 안에 그 일을 위해 만들어진 자리가 있다. 나는 강하고 크고 무겁다. 내가 누우면 침대가 뤼스와 티엔과 니콜라가 누웠을 때와 똑같이 가라앉는다. 내 온기가 나를 에워싸고 내 머리카락 냄새와 섞인다. 맨살이 드러난 내 살갗이 놀랍다. 싱그럽고, 촉감이 좋고, 일상적인 풍요를 맞이할 준비가 되어 있다. 나는 나 자신이 마음에 든다. 그런데 왜 다른 사람들은 안 그럴까. 내가 나에게서 발견하는 이 매력은 다른 사람들은 잘 보고 듣기 어려운 종류의 매력일까. 사람들은 아주 사소한 계기에도 목소리와 손과 미소에 곧바로 드러나는 매력에 익숙하다. 이제껏 나의 매력을 보고 나를 마음에 들어 한 사람은 한 번도 없었다. 하지만 그 매력은 분명히 있다. 절대로 내가 틀렸을 리 없다. 이토록 풍만한, 이토록 상렬하게 존재하는 내 가슴을 보면 안다. 절대로 틀렸을 리 없다. 내 가슴은 내 옷의 그늘에 가려진 채 기다리고 있다. 아이들이 달라붙고 눈길이 달라붙는 가슴이 되기를 기다리고 있다. 내 가슴은 나를 믿고 있다. 어쩌면 내가 아직 써먹을 줄 모르는 것일 수도 있다.

그런데 티엔이 있다. 하지만 내가 틀릴 리 없다. 티엔이 틀렸다. 그는 내가 그의 마음에 들고 싶어서 만들어 낸 여자를 사랑했다.

오늘 아침, 티엔의 편지가 왔다.

"최선을 다했어. 좋은 소작인을 찾는 일이 어렵긴 했지만, 어쨌든 괜찮은 사람들을 구했어. 아이가 셋인 부부야. 다음 주에 오기로 했어. 당신은 집 오른쪽을 쓰고, 왼쪽의 이층과 일층을 그 사람들이 쓸 거야. 당신은 이제 별채들과 숲 사이 마당 쪽 입구를 이용해야 해.

부모님은 지금 방을 그대로 쓰고 식당도 계속 사용하실 수 있어.

아버지는 다시 밖에 나가기 시작하셨는데, 매번 니콜라가 발견된 계곡 쪽으로만 가셔. 어머니는 여전히 누워서 지내시고. 두 분이 함께 누워 있을 땐 행복해 보여. 이전처럼 R······시에서의 생활을 길게 이야기하지. 내 생각에 두 분을 떼어 놓으면 안 될 것 같아. 아무래도 이젠 뷔그를 떠나고 페리괴의 양로원 같은 곳에 가시는 게 나을 것 같아. 아버지가 너무 일찍 일어나니까 어머니가 계속 혼자 남는 게 걱정스러워. 두 분이 이따금 당신 얘기를 하지. 하지만 니콜라가 죽은 뒤로 두 분한테 정말로 중요한 건 아무것도 없어 보여.

클레망이 당신이 돌아오지 않을 거라고 믿길래, 내가 안심시켰어. 떠나겠다고 하는 걸 잡아 뒀고. 클레망스는 노엘을 데리고 페리괴로 떠났어. 노엘을 다시 데려오진 않을 것 같아. 돈이 떨어진다면 모를까, 이제 클레망스는 노엘을 빼앗기지 않을 거야.

잘 있다가 오고 싶을 때 와도 괜찮아. 소작인들 들이는 건 내가 챙길 수 있어. 9월 말, 비가 내리기 시작했어. 날씨가 아주 좋지. 비가 잠시 내리고 다시 해가 나면 숲 냄새가 여기까지 와. 지금은 오후 4시야. 테라스 난간에 팔꿈치를 괴고 편지를 쓰고 있는데, 나뭇

잎이 지기 시작한 뒤로 리솔강이 더 멀리까지 보여. 리솔강이 지에까지 흘러오느라 저렇게 여러 번 굽이치는지 몰랐네. 리솔강이 반짝이고, 물이 많아져서 들판과 거의 같은 높이야. 오늘 아침에 비가 내리고 나니까 태양이 수분 가득한 열매처럼 노랗게 됐고 어린아이의 머리칼 같은 냄새가 나. 빛을 받으면서 습기 찬 공기를 들이마시면 기운이 나지. 올겨울은 추우려는지, 수평선이 짙은 푸른색이야.

저녁에는 내가 피아노를 쳐. 그러다 보면 당신 부모님이 내 뒤에 서 있지. 어머니도 기꺼이 자리에서 일어나는 거지. 두 분 모두 소파에 앉아서 미소를 지어. 이따금 어머니가 나한테 내가 피아노 치는 게 정말 좋다고 말해."

*

티엔. 꿈으로 짓이기는 화창한 하늘의 무게. 갈망, 단 하나의 똑같은 갈망. 나는 아직도 모든 것을 다시 시작하고 싶다. 모범적인 항적을 그리며 나아가고 싶다. 빨리, 늙기 전에, 하고 싶다는 갈망이 사라지기 전에 빨리 하고 싶다. 하지만, 동시에, 나는 내가 이미 그런 갈망을 지니고 있지 않음을, 어쩌면 단 한 번도 지녀 본 적 없음을 알고 있다. 끔찍하다. 불가능한 것을 해내지 못하면 그래도 위안을 얻을 수 있다. 하지만 아예 원하지 않는다면 위안이 있을 수 없다. 불가능 자체가 미리 나를 짜증 나게 한다. 그 사실을 나 자신에게 숨길 수 없다.

티엔. 그의 몸에 기대 잠들고 싶다. 그의 머리카락, 연보랏빛 눈꺼풀만 보고 싶다. 서로 맞닿은 우리 둘의 배 사이에 내 모든 분노를 가져다 놓고 싶다. 맞닿은 두 배가 침묵과 고요의 두께로 우리를 감싸려 애쓰지 않겠는가. 하지만 티엔은 멀리 있다. 그래서 나는 지금 몸을 웅크리고, 눈을 감고, 강아지처럼 불쌍하게 죽고 싶다.

티엔에게 결혼하자고 말해서 올겨울에 뷔그를 떠나지 못하게 할까? 행운과 불운을 겪게 만들고, 모든 결혼 중에 나와의 결혼을 선택하게 하고, 모든 왕국 중에서 미리 패배가 정해진, 매번 이미 패배한 왕국, 행복이라 이름 붙은 왕국을 선택하게 할까?

*

창문이 닫혀 있다. 나는 일찍 자러 올라왔다. 잠이 오지 않는다.

지난 열흘 동안 담배를 입에 문 남자와 한 번 얘기한 것을 제외하면 아무하고도 말한 적이 없다. 저녁은 한없이 고요하다. 방 주변에서 바람 소리, 바다가 웅얼거리는 소리, 복도를 지나는 발소리, 아래에서 개 짖는 소리가 들린다. 방 안에는 짙은 침묵이 흐르고, 그 한가운데서 내 심장이 뛰고 있다. 내게 남아 있는 심장이 뛰고 또 뛴다. 낮에 바닷가에서는 다르다. 그때는 바다의 손아귀에 들어간다. 바다를 호흡하는 쾌감이 된다. 느낄 줄 모르는 질서 속에 들어가, 느낄 줄 아는 하찮은 무질서가 된다. 그것이 바다를 본다. 식도락가가 된 듯, 뛰는 심장의 소리를 맛본다. 어쩌면 이 심장이 더는…… 그래도 별 이유 없이 뛴다. 혹은 오늘 속에 들어 있지 않은 어떤 이유 때문에 뛴다. 아무 이유 없이 뛴다. 오늘이란 매번 이유 없는 날, 같은 날이 오지 않을 그런 날이기 때문이다. 지금은 쓰임이 없으니 스스로를 비워 두고 있다. 그러니까, 쾌락을 위해 존재한다. 바로 그 현재에 있다. 두 다리가 더는 버티지 못한다. 다리가 움직이려 하고, 자지러질 듯한 웃음으로 가득 찬다.

창문이 닫힌 방 안에 나를 에워싼 네 개의 벽이 네 가지 질문을, 늘 똑같은 질문을 던진다. 니콜라는 죽었고, 티엔은 떠날 테고, 아빠 엄마는 늙었다. 그러면 나는, 나는 어떻게 해야 할까?

지난 일이 떠오른다. 정신이 아득해진다. 마치 사흘 전에……그러니까, 매번 똑같다. 나는 나의 고독을, 지금까지 본 것 중 가장 거대하고 가장 인상적인 고독의 궁전을 정성스럽게 짓는다. 나는 그 고통의 궁전 때문에 겁에 질리고, 동시에 그 궁전에 경탄한다.

덧창이 덜그럭거린다. 개가 짖는다. 누군가 개와 놀아 주고 있다. 사람들이 오! 아! 하면서 웃는다. 나는 생각한다. 그렇다. 나는 웃음에 초대받은 적이 없었다. 사실 평상시에 그리 쉽게 웃지 않지만, 그래도 또 생각한다. 나는 살아 있던 사람들을 떠올린다. 하지만 막상 니콜라가 살아서 지금 이 방에 들어온다면 귀찮을 것 같다. 그래도, 불가능한 일임을 아니까, 니콜라가 돌아오기를 기원해 본다.

살기 시작하려면, 잘 죽으려면, 티엔과 결혼하려면, 다 너무 늦었다. 늙은 것보다 더하고 죽은 것보다 더하다. 너무 늦었다. 이제 정말 그렇다는 것을 알게 되는 순간, 너무 늦었다. 진짜로 존재한다는 것을 아는 순간, 그렇다. 따지고 보면 죽음은 제대로 죽지 못하는 과오만큼 끔찍하지 않음을, 티엔을 사랑하는 것은 적어도 본보기가 되길 바란 불행에 대해 제일 보잘것없는 해결책임을, 가장 아름다운 실패, 가장 아름다운 성공은 이미 놓쳤음을 아는 순간, 이미 늦었다.

권태가 남았다. 매번 바닥까지 내려갔다고 믿지만, 그렇지 않다. 권태의 밑바닥에는 늘 새로운 권태를 만들어 내는 샘이 있다. 권태를 통해 살아갈 수도 있다. 나는 때로 새벽에 잠이 깨서 밤이 사라지는 모습을 본다. 사물을 부식시키는 힘이 너무 강한 흰색의 빛 앞에서 밤은 무력하기만 하다. 바다가 퍼트리는, 너무 순수해서 숨 막히게 만드는 습기 찬 상쾌한 기운이, 이어 새소리가 방으로 들어온다. 그럴 때, 말할 수 없다. 그럴 때, 새로운 권태를 발견한다. 전날보다 더 멀리서 온, 하루가 더 담긴 권태다.

나는 나의 권태의 궁전 속에서 권태를 벗 삼아 지낸다. 얼음처럼 차가운 창유리 너머로 내 삶이 한 방울씩 떨어질 테고, 나는 내 삶을 길게, 오랫동안 이어갈 것이다. 나는 모두 미래로 말한다. 내일이 되어야 '고독의 수도회'에 들어갈 거고, 주어진 상황에 맞는 표정과 태도를 가질 거다. 지금은 그냥 다른 젊은 여자들과 똑같은 순진함으로 그것을 꿈꿀 뿐이다.

*

매일 죽을 수 있겠지만, 나는 절대 죽지 않는다. 나는 매일, 내가 무엇 때문에 죽는지 어제보다 더 잘 안다고 믿는다. 어제도 마찬가지였음을 잊는다. 나는 절대 죽지 않는다.

그래도 나는 지금 잘 안다. 시간이 어떻게 예고되고 다가오고 도달해서 한순간 그 소용돌이로 우리를 감싸 버리는지, 우리가 다가오는 다른 시간을 위해 그 시간을 놓아주자마자 어떻게 흘러가는지 안다. 바람의 대성당. 8월의 건축물. 사는 동안 내가 한 바퀴 다 돌아볼 수 없으리라 생각해 온 그 건축물은 내 머리가 붙잡고 있는 기억의 자갈들 중 하나일 뿐이다. 바람의 대성당.

나의 표면은 전체가 마모되었다. 아무 이유가 없는, 흘러가는 시간에 의한 마모다. 스물다섯 해 동안 시간은 마치 풍차처럼 나를 돌렸다. 그리고 나는 스물다섯 살이다. 일단 시작된 것은 더 이상 새로 시작될 수 없다. 그래도 나는 다시 한번 처음 해 보고 싶은 것들이 있다. 처음 마를 타고 나갔던 새벽 나들이를 다시 해 보고 싶다. 다른 것 말고 꼭 그때 그대로여야 한다. 그리고 다시 한번 티엔에게 처음으로 몸을 맡기고 싶다. 다른 것 말고 꼭 그때 그대로, 니콜라가 마지막 날들의 마지막 시간을 살고 있던 동안에 8월을 향해 열린 방에서 했던 그대로여야 한다. 안 된다. 나는 나 자신도 피하지 못한다. 나 자신을 만나게 된다. 하지만 더는 놀랄 일이 없다. 나 자신에게 무관심하고 거칠게 군다. 하지만, 결국 매번, 늘 더 충실하게, 나 자신에게 돌아온다.

　　나는 내가 그 어떤 것으로도 죽지 않았음을 깨닫는다. 아마도 그 때문에, 내 삶은 늪이다. 그 늪 속에서 내가 분주하게 움직이면서 만들어 낸 것은 결국 늘 똑같은 권태의 찰랑거림뿐이다. 니콜라를 잃은 슬픔을 아무리 과장한들, 이미 티엔이 니콜라의 자리를 채웠다. 나는 늘 어떤 것이든 빈자리를 채우는 법을 안다. 어떤 궁지에 빠져도 늘 늦지 않게 빠져나온다. 그렇지만 무엇이 나를 기다리고 있는지는 알고 있었다. 일부러 그런 것은 아니었다.

　　내 죽음의 흰 등대. 나는 그대를 알아본다. 그대는 나의 희망이었다. 그대의 불빛은 내 가슴을 따뜻하게 해 주고 내 머리를 상쾌하게 해 준다. 그대는 나의 유년기다. 나는 그대의 말을 알아들었지만 단 한 번도 그대의 불빛에 내 몸을 불사르지 않았다. 나는 매번 그대에게 달려갈 기회를 놓쳤다. 나는 그대에게 내 동생을, 니콜라라는 횃불을 주었고, 그대는 그 불을 끝까지 태웠다. 나는 여전히 여기 권태의 늪 속에 안전하게 있다. 나에게는 그대가 밝혀 주는 그 길 외에 다른 길은 없었고, 지금도 없다.

*

이따금 나는 티엔이 죽었다는 소식을 듣고 싶다. 그의 죽음을 상상해 본다. 어느 날 아침 사람들이 그의 몸을 뷔그의 현관에 내려놓는다. 니콜라처럼 밤사이 죽은 몸이다. 뺨이 추위에 얼어 발그레하고, 머리카락은 바람에 흩날린다. 나는 처음에는 그가 살아 있다고, 봄이니까 그냥 밖에서 잠이 든 거라고 믿는다. 내가 다가가고, 전날과 똑같은 모습으로 미소 짓는다. 밖에서 밤을 보내고 싶었나, 생각하며 다가간다. 그의 입술이 파랗다. 눈까풀 사이로 아무것도 보지 않는 시선이 새어 나온다. 나는 티엔의 손을 잡는다. 티엔의 손은 내 손에 관심이 없고, 자기를 그냥 버려두길 바란다.

이제 더는 생각하지 못한다. 내가 내지르게 될 절규 소리가 들린다. 나는 젊다. 내가 지금껏 산 것은 온 힘을 다해 바로 이 절규를 내지르기 위해서였다. 나는 절규다. 내 나이가 먼지가 되어 날아가고, 세상은, 무엇이 선한 것이고 무엇이 비열한 것인지 구별되지 않은 채로, 모든 정의定意가 먼지로 날아간다. 아! 마침내 나는 절규 속에서 죽을 수 있다. 아무런 생각도 지혜도 없이, 그저 절규 속에서 죽는 방법을 찾아낸 기쁨의 절규다.

멀리, 어두운 미래가 반짝이리라. 티엔은 영원히 죽었고, 티엔의 죽음은 세상의 재 위에 영원히 꽃피어나리라.

*

　해변에서 남자가 내 앞을 자주 지나간다. 그는 여전히 도시 사람들의 양복을 너무 헐렁하게 입었고, 넥타이는 안 맸다. 목깃 언저리가 더럽고, 오랫동안 이발도 안 했다. 침묵으로 부풀어 오른 입이 고집스러운 얼굴을 닫아걸었다. 얼굴이 검고, 면도를 잘 안 했을 때가 많다.

　남자는 조금 전에도 내 앞을 빨리 지나가며 내 쪽으로 곁눈질했다.

　그리고 나를 지나쳐서 조금 멀리 있는 바위 뒤에 몸을 숨겼다. 잠시 나는 그가 나오기를 끈기 있게 기다렸다. 그가 검은색 수영복을 입고 나타났다. 몸이 너무 희고 털이 많았다. 남자는 자기 몸을 분명 부끄러워 했다. 하지만 해변에는 나밖에 없고, 나도 꽤 떨어져 있었다. 그는 자기 몸과 바다 사이의 공간을 통과해야 했다. 이미 나에게 그렇게 할 거라고 말해 두었다. 그는 아무것도 없는 해변을, 길고 기느다란 자기 그림자 외에는 그림자 하나 없는, 미끈한, 햇볕이 내리쬐는 해변 위를 재빨리 달려갔다. 잔걸음으로 뛰었고, 그런 뒤에는 돌아보지 않고 바다만 응시하면서 서툰 걸음을 옮겼다. 그리고 마침내 바닷물 속으로 들어가서 몸을 숨겼다.

　저렇게 둔중하고 부끄러운 몸을 가진 사람이 물속에서 헤엄칠 수 있을까? 하지만 남자는 수면 위를 너무도 편하게 헤엄쳤다. 잠시 뒤 커브를 그리며 돌아와서 내 앞쪽을 지나갔다. 그는 나를 쳐다보았고, 웃었다. 두 팔을 한 번씩 내젓는 사이에 웃었고, 고개를 내밀 때는 웃느라 가면이 벗겨진 얼굴이 물 위에 누웠다. 민첩해진 몸

147

2부

은 더 이상 부끄럽지 않았다. 그는 입을 벌리고 있었다. 그는 자기의 수영 솜씨가 자랑스러웠고, 그래서 해변에서 멀리까지 나아갔다. 왜 나를 보면서 웃었을까? 자기 자신을 조롱하는 것 같았다. 바다에서 헤엄치는 게 너무 즐거웠을 수도 있다.

파도가 꽤 거셌고, 남자가 사라졌다. 그의 검은 머리도 다리도 보이지 않았다. 그가 먼바다로 용감하게 나아가던 짧은 시간 동안 나는 그를 눈으로 뒤쫓았다. 그러다가, 다 사라졌다.

햇빛 아래 계속 앉아 있기에는 너무 더웠다. 나는 머리를 팔꿈치에 괴고 바다를 향해 비스듬히 누웠다. 남자가 더 이상 보이지 않을 때쯤, 고개를 팔꿈치 아래로 내렸다. 그랬더니 바다가 더 잘 보였다. 바다의 초록빛이 짙어졌다. 어찌해야 할까. 나는 무슨 소리든 들어 보려고 모래사장 바닥에 귀를 가져다 댔다. 모래에서는 아무 소리도 들리지 않았다. 모두 입구가 침묵으로 막혀 버렸다. 땅에 귀를 대면 짐승들이 갉아 먹고 뿌리가 갈라지는 소리가 들릴 것이다. 모래에 귀를 대면 아무 소리도 들리지 않는다.

파도가 내 눈높이로 일정한 열을 이루며 다가왔다. 끝없이 다가왔다. 내 눈에는 그 파도들밖에 보이지 않았다. 곧 파도가 나의 호흡이 되고 내 피의 박동이 되었다. 파도가 내 가슴 안으로 들어왔고, 파도가 다시 빠져나갈 때 작은 만灣처럼 텅 빈 내 가슴에서 소리가 났다. 왼쪽 작은 등대의 불이 꺼지면서 시야에서 사라졌고, 바위도 집들도 사라졌다. 나에게는 부모도 돌아갈 곳도 없었다. 나는 아무 것도 기다리지 않았다. 나는 처음으로 니콜라 생각을 하지 않았다. 기분이 좋았다.

해변에는 아무도 없었다. 그 남자가 익사하는 모습을 본 사람은 나뿐이었다.

바다 위로 더없이 부드러운 빛이 번졌다. 바닷물이 높아졌다. 해도 더는 뜨겁지 않았다. 이제 곧 저녁이 하나의 사건처럼 다가올 테니, 나는 저녁을 기다렸다. 별들과 달들을 이끌고 마치 움직이지 않는 기마행렬처럼 저녁이 바다 위로 다가오기를 기다렸다.

어둠이 내릴 때, 남자의 웃음이 얼핏 검은 흔적으로 내 눈앞에 다시 나타난 것도 같다. 나는 상상했다. 그는 해초 같은 부동의 화려함으로 꼿꼿하게 몸을 뻗어 아주 천천히 바닷속으로 내려간다. 단 몇 분 사이에 극단의 서두름에서 극단의 느림으로 넘어간다.

한순간 세상이 칠흑처럼 어두웠다. 바다는 잉크빛이었다. 추웠다.

나는 호텔로 돌아갔다.

*
.

제롬의 죽음은 잘된 일이다. 하지만 니콜라도 죽었나. 클레망스가 떠났고, 노엘도 포기했다. 아빠와 엄마는 거의 제정신이 아니었다. 끝났다.

더한 일이 일어날 수 있었다. 예를 들어 내가 죽거나 티엔을 잃을 수도 있었다. (두 가지는 결국 같은 얘기다.) 물론 전부 내 잘못이라고 말해도 좋다. 하지만 말이 안 된다. 나는 이 모든 사건에서 내가 어떤 역할을 했는지 모르겠다. 나는 후회의 흔적을 찾을 수 없을 뿐 아니라, 일어난 일에서 내가 어떤 것을 원하고 또 어떤 것을 원하지 않았는지, 내가 무엇을 기다렸고 또 기다리지 않았는지 분간해

내지도 못한다.

철로 위에서 죽은 니콜라. 사람들은 니콜라의 시신을 차마 우리한테 가져오지 못했다. 9월의 새벽에 내가 티엔과 함께 니콜라가 죽어 있는 곳으로 내려갔다. 세 조각으로 나뉜 남자. 내 동생 니콜라. 아무리 니콜라가 죽을 줄 몰랐다고 말해도 사람들은 믿지 않을 것이다. 하지만 어떻게 미리 알았겠는가. 알았으면 내가 왜 니콜라의 시신 옆에서 몇 시간 동안 울부짖고 미친 듯이 뛰어다녔겠는가. 정말로 나는 니콜라가 죽게 되리라는 것을 그 정도로 잊고 있었을까?

지금 비로소 나는 미소 없이 나 자신을 살펴볼 수 있다. 어제만 해도 나는 순진했다. 오늘은 조금 다르고 조금 덜하다고 생각한들 나는 여전히 순진하다. 어제의 순진함을 보내고 오늘의 순진함을 맞을 뿐이다. 겨울에는 여름의 순진함을, 여름에는 겨울의 순진함을 맞을 뿐이다.

*

이틀 후에 이곳을 떠난다. 나는 늦게 일어나서 등대가 있는 방파제 끝까지 갔다. 파도가 심하다. 햇빛이 좋다. 춥지 않다. 나는 별로 피곤하지 않지만 더 걷고 싶지 않았다. 나는 사구 쪽의 마른 모래에 누웠다. 그리고 움직이지 않는다. 몸과 머리를 어떻게 둘지 잘 모르겠다. 술 취한 사람처럼 종잡을 수 없는 상념이 나타나 몸을 둘둘 말아 버린다. 니콜라와 티엔에 대한 상념들.

나는 그 상념들에서 벗어나는 법을 안다. 내 옷을 들어 올리는 내 무릎과 가슴을 바라보면 된다. 상념은 즉시 휘어져 얌전히 내 안으로 들어온다. 나는 나 자신을 생각한다. 내 무릎, 진짜 무릎. 내 가슴, 진짜 가슴. 중요한 확인이다.

나는 결국 나에 대해 깊이 생각해 보기 위해서 이곳에 왔다. 수많은 사람 중에서 바로 내가 내 어머니의 몸 안에서 자라났다. 다른 아이들이 차지할 수 있었을 그 자리를 내가 차지했다. 동시에 나는 그 수많은 다른 하나하나이고, 그 수많은 하나하나가 한 사람 속에 들어 있다. 하나씩 상상하면서 매번 나로 상상할 수 있다. 무한히 대체될 수 있는 존재인 나는 내가 그런 존재가 아님을 안다. 나는 항상 나로부터 출발해서 나를 대치할 수 있었을 다른 사람들을 상상한다. 이것이 바로 나에 대한 가장 작고 가장 확실한 정의다. 나는 지금 다른 사람이 나 대신 바닷가에 누워 있을 수 있고 그래도 마찬가지라는 생각을 하면서 느끼는 불가능성, 바로 그것으로 귀결된다.

여기서 1.6킬로미터쯤 떨어진 곳에 작은 등대가 보인다. 저녁이면 저 등대가 바다를 비춘다. 나는 등대지기를, 그의 아내와 아이를 보지 않아도 안다. 등대지기는 탑 꼭대기에서 청음 장치가 있는 테이블 앞에 앉아 있다. 그의 아내는 털실로 양말을 뜨고 있다. 아이는 잔다. 나는 그들 중 한 사람이고 싶다. 정말로 그런 삶이 좋다. 마찬가지로, 호텔에서 일하는 여자, 지에에 사는 미친 여자 도라, 1년 내내 구멍가게 안에 앉아서 사람들이 신고 리솔강의 평야를 걸어 다닐 구두를 만드는 구두장이, 그들의 삶이 좋다.

T……에 온 뒤로 나는 어떤 사건이라도 일어나길 기다렸다. 그리고 아마도, 기다릴 것이 아무것도 없음을 알게 되는 때의 고요를 기다렸다. 이곳에서 매일 똑같은 일을 해도(나는 매일 똑같이 바다에서 호텔로 가고 내 방에서 바다로 간다) 때로는 이유 없이 즐겁고

때로는 이유 없이 아침부터 암울하게 슬프다. 그럴 때 나는 내 욕망의 모든 외침에 귀를 기울일 수밖에 없다.

나는 바깥과 마찬가지로 내 안도 완전한 여름이면 좋겠고, 늘 기다리기를 그만 잊으면 좋겠다. 하지만 영혼의 여름은 없다. 영혼의 겨울에 머문 채로 흘러가는 여름을 볼 뿐이다. 이 초조함의 계절을 벗어나야 한다. 자신의 욕망들이 만든 태양 아래서 늙어 가야 한다. 기다려도 소용없다. 자신이 바라는 것 이상을 기다리는 한 그렇다. 긴장을 풀고 즐겁고 매끄럽고 아름다워 보일 것. 다른 여자처럼, 매번 새로운 여자처럼 티엔의 마음을 얻을 것. 나는 아무도 아닐 테니까.

나 자신을 열어 내 안에 들어 있는 쓰라림을, 바람과 바다를 씻어 낼 수 있다면.

하지만 내 살갗은 가죽 부대처럼 몸에 달라붙어 있고, 단단한 내 머릿속은 골과 피로 가득 차서 터질 지경이다.

*

이튿날 오전에 한 어부가 남자의 옷가지를 발견해서 헌병대에 가져왔다. 모든 호텔이 숙박부를 헌병대에 제출해야 했기에, 옷의 주인이 어디에 묵고 있는지 금방 밝혀졌다. 아침 일찍 사람이 찾아와 호텔 주인을 깨웠다.

내가 내려갔을 때는 모두 그 남자 얘기를 하고 있었다. 어차피 비가 와서 마땅히 다른 할 일이 없기도 했다. 아무도 그 남자에 대해 아는 게 없었지만 그래도 할 말이 많았다. 그는 보름 전에 도착했다. 이곳에 온 것은 이번이 두 번째였다. 호텔에서 일하는 여자들이 그를 잘 기억했다. 매력적인 사람이었다고, 늘 만족하고 조용한 사람이었다고 했다. 내 기억에 그 남자는 매력적이지 않았다. 굳은 표정으로 거의 말이 없었고, 대부분의 경우 숙박객 중에 가장 조용했다. 호텔에서 일하는 사람들에게는 그런 이유만으로도 매력 있어 보일지도 모르겠다.

　　남자는 작년에도 3주 동안 머물렀다. 여자들이 날짜를 세 보니 올해는 보름째였다. 밤에 죽었으니까 보름이 되는 날을 맞지 못했다. 이상한 일이지만, 어젯밤에 그가 들어오지 않은 것을 아무도 몰랐다. 아침에 자기 손님의 옷을 들고 사람들이 들이닥쳤으니 호텔 주인이 얼마나 놀랐겠는가! 모두 그녀 주위로 모여들었다. 호텔 주인은 이미 그곳에서 익사한 사람이 여러 명 있었다고 말했다. 그러면서 제일 오래전에 죽은 사람부터 작년에 죽은 사람까지 각기 어떤 사람이었는지, 어떻게 익사했는지 자세히 설명했다. 시신이 발견되기도 했고, 끝내 찾지 못한 적도 있었다. 혼자 온 사람도 있고 늙은 사람, 젊은 사람 다 있었다고, 특히 젊은 사람들이 안됐냐고 했다. 투숙객들은 저마다 프랑스의 전국 해변에서 돌아오지 못한 사람 이야기를 늘어놓았다. 그렇게 30분 동안에 거의 스무 명의 익사자들이 등장했다. 마침내 대홧거리가 소진되었고, 사람들은 창밖으로 나쁜 날씨를 바라보기 시작했다.

　　아침 식사가 준비될 때까지 나는 족히 20분 동안 기다렸다. 나는 똑같은 구석 자리에 앉아 있었다. 바다는 낮고, 회색이었다. 안개 속에 작은 배 한 척이 나타났다가 사라졌다.

　　나는 비가 오더라도 해변에 일찍 나갈 생각이었다. 지난 보름 동안 해변에 나갔다가 호텔로 돌아오고 다시 해변에 나가는 일밖에 하지 않았다.

투숙객 몇 명이 나에게 다가왔다. 그들은 그동안 늘 같은 자리에 앉아 있는 나를 조금 알았다. 아침마다 내 건강이 괜찮은지 묻기도 했다. 나는 괜찮다고 대답했지만, 매일 똑같이 물었다. 혼자 앉아 있는 나를 보면서 아마도 내가 몸이 아파서 와 있다고 생각한 것 같다. 혹은 무슨 불행한 일을 겪었다고 생각하며 위로하려 했을 수도 있다.

한 사람이 나에게 조심스럽게 죽은 남자 이야기를 꺼냈다. 빨간색 반팔 셔츠를 입고 공손해 보이는 젊은 남자가 조금 측은한 듯 부드러운 목소리로 말했다. "그 사람이 나한테 당신이 어디서 헤엄치는지 물었어요. 난 당신이 보통 때처럼 등대가 있는 왼쪽으로 가는 걸 보았으니까 그대로 말해 줬고요. 나도 잘 모르지만, 그 사람은 좀 소심해 보였어요. 당신은 아무 말도 안 하던데……. 그 사람이 내가 말해 준 쪽으로 갔는데, 당신을 찾지 못했나 보군요."

젊은 남자는 금발의 젊은 여자와 함께 있었고, 여자는 고개를 끄덕이며 이렇게 말하는 것 같았다. '맞아요, 그래요, 그렇죠. 삶이란 게 그래요. 어리석죠. 이 사람이 당신에게 말한 대로예요…….'

옆 테이블에 죽은 남자의 옷이 아무렇게나 던져져 있었다. 검은색 줄무늬의 옷 안감이 비에 젖고 때가 묻어 있었다. 흐물거리며 부풀어 오른 옷의 형태가 주인 잃은 몸의 움직임을 상기시켰다. 주머니 속에 들어 있던 것들, 지갑과 함께 물에 젖어 부풀어 오르고 잉크가 번진 두꺼운 서류들은 따로 나와 있었다. 남자의 이름은 앙리 칼로, 그가 말한 대로 제과 도매 회사의 영업사원이었다. 두 번 결혼했고, 자닌과 알베르라는 두 자녀가 있었다. 서류들에서는 우연의 냄새가 났고, 냇물에 빠져 젖은 종이의 냄새가 났다. 모두 멍하니 그 서류들을 쳐다보았다. 그것은 너무도 단순했다. 사람들은 이 일이 너무 단순하지 않기를, 그토록 분명하게 단순하지 않기를 바랐다. 죽은 남자의 유품을 둘러싸고 쳐다보던 사람들은 콧구멍을 크게 벌리고 열정을 발산했고, 그의 죽음 속에 담긴 끔찍하고 또 마음 놓이게 만드는 것의 냄새를 맡았다.

호텔 주인이 자신이 하는 일의 이유를 잘 아는 경험 많은 사람의 태도로 편지와 사진을 새 봉투에 조심스레 집어넣었다. 이제 테이블 위에는 어제부터 내린 비 때문에 습기를 머금은 신분증만 남았고, 물에 젖은 그 사각형 신분증 앞에서 사람들은 상념에 젖고 무기력에 빠졌다.

"그러니까, 당신은 이 사람을 못 봤군요……." 남자가 다시 말했다.

나는 아니라고 봤다고 말했다. 모두 내 테이블 주위로 모여들었다. 내가 바로 남자가 살아 있을 때 마지막으로 본 사람이었기 때문이다.

"그가 물속에서 헤엄치는 걸 봤나요?" 나는 그렇다고, 그가 내 앞을 지나갔다고, 맙소사, 별다른 생각 없이 내뱉고 말았다.

그러자 사람들이 나를 바라보았다. 내 긴소매 원피스는 더러웠고, 머리카락은 흐트러졌고, 손이 거칠었다. 나도 보았고, 사람들도 보았다. 그런 세부적인 것들이 많은 것을 설명해 주지 않았겠는가. 열댓 명이 호기심에 사로잡혀 내 주변을 떠나지 않았다. 나는 사람들이 내가 말하기를 기다리고 있음을, 그들이 나를 제대로 파악

하지 못하고 있음을 깨달았다. 아예 아무 말도 안 했으면 그냥 버틸 수 있었겠지만, 그들은 이미 내가 더 놀라운 어떤 것을 말해 주리라고 믿었다. 아무 말도 하지 말았어야 했다. 나는 할 말을 찾지 못하고 얼굴을 붉혔다. 내 침묵이 길어질수록 사람들의 얼굴에 나타나는 얼룩이 점점 더 선명하게 똑같은 것을 표현했다. 모두의 얼굴이 비슷해졌다.

아무 말도 하지 말았어야 했다.

"그 사람이 물에 빠지는 걸 못 봤어요? 어떤 일이 일어나는지 몰랐어요?" 호텔 주인이 물었다.

창밖은 바다였다. 나는 바닷속으로 사라지고 싶었다. 내가 일어섰다면 아마도 사람들이 나를 붙잡았을 것이다.

나는 몰랐다고, 그 사람이 물에 빠지는 걸 제대로 본 건 아니라고 대답했다. 어느 순간부터 그가 시야에서 사라지긴 했는데, 하지만, 눈에 안 보인다고 꼭 그 사람이 물에 빠졌다는 뜻은 아니지 않냐고, 방향을 바꾸었을 수도 있고, 수영을 너무 잘해서 아주 멀리 가 버렸을 수도 있지 않냐고 되물었다. 그 사람을 찾으려 애쓰지 않은 건 맞다고, 계속 지켜보고 있었던 게 아니라서 정확히 어느 순간에 시야에서 사라졌는지는 모른다고도 했다.

"사람들을 부르기라도 하지 그랬어요? 왜 안 불렀죠?" 나는 소용없는 일이었다고, 내가 상황을 깨달았을 때는 이미 그 사람은 보이지 않았다고, 누굴 불러 봐야 소용없었다고, 게다가 해변에는 어차피 수영을 잘 못 하는 나밖에 없었다고 대답했다.

"왜 아무 말도 안 했죠? 왜 아무것도 안 했어요? 소리치기라도 했어야 하지 않나요?" 나는 같은 말을 되풀이했다. 소용없는 일이었다고, 내가 마지막으로 볼 때만 해도 그 사람은 평온하게 수영하고 있었다고, 누군가를 불러서 보내면 오히려 방해되었을 그런 상황이었다고 했다. 그 사람은 누가 봐도 수영을 아주 잘했고, (나에게 다가와서 말을 건 젊은 남자에 따르면) 나한테도 그런 모습을 보여 주려 했으니까, 만일 내가 구조 요청을 했다면 분명 자존심이 상하지 않았겠느냐고, 그랬다면 헤엄치기 더 힘들었을 테고, 내가 그런 자기 모습을 싫어하리라는 절망 속에서 더 끔찍한 죽음을 맞았을 거라고 덧붙였다. 나는 내 말이 이치에 맞지 않는다는 사실을 깨달았지만, 그래도 되풀이해서, 사람들을 불러 봤자 소용없는 일이었다고, 아무도 없었다고, 해변에는 수영을 잘 못 하는 나밖에 없었다고 계속 되풀이해서 설명했다.

사람들은 수긍하지 않았다. 사실상 내가 아무 말도 안 한 것과 다름없었기 때문에 나는 계속해서 같은 말을 되풀이해야 했다. 사람들은 내 말을 듣지 않고 계속 질문을 했다. 내가 어떤 대답을 해도 소용없으리라는 느낌이 왔다.

나는 더는 대답하지 않았다. 나는 저 사람들을 모른다. 그런데 나는 마치 겁먹은 사람처럼 얼굴이 달아올랐다. 나는 차분해지려고 노력했다. 내 얼굴에 모여드는 이 피를, 이 수치심을 없애려고 노력했다. 그리고 밖으로 나갔다.

나는 마지막으로 해변을 걸었다. 등대 쪽 해변에는 제일 멀리 떨어진 곳까지 아무도 없었다. 입술을 트게 하고 시야를 흐리게 만드는 가는 비가 마치 분사되듯 흩뿌려지며 떨어졌다. 바람이 가는 빗줄기들을 한데 모아 내 얼굴을 때리는 탓에 걷기 힘들고 숨 쉬기 힘들었다. 비와 바람, 멋대로 날뛰는 바다가 공범이 되었고, 그것들은 우리를 위한 게 아니었다. 거친 공기가 사방으로 날뛰는 동안, 마치 요람 안에 들어가듯 그 속에 자리 잡고 함께 걷는 게 불가능했다. 공기를 호흡할 수도 없었다. 그러다 갑자기 코 밑에 공기가 부족했다. 그것은 분노보다 더 나빴다. 초대받지 못한 파티 같은 것이었다.

나는 조금 안쪽에 있는 바위 뒤로 몸을 피해 앉았다. 그 순간에 돌연 다른 곳에, 아주 먼 곳에 온 느낌이 들었다. 기분이 좀 나아졌다. 내 볼을 만져 보니 차가웠다. 바람에 묶여 굵어진 빗줄기가 바위 위로 지나갔지만, 나를 건들지는 않았다. 얼굴을 만지는 내 두 손에서 차가움의 냄새가 났고, 더는 내 손 같지 않았다. 아마도 그때 슬펐다. 나는 울었다. 절대 그곳을 벗어나지 않고 평생 그곳에 있고 싶었다. 하지만 떠나야 했기에, 나는 울었다.

*

나에게 무슨 일이든 일어났어야 했다. 나는 T……에 온 뒤로 내 삶이 되어 버린 우스꽝스러운 기다림에서 완전히 낫게 해 줄 사건이 어느 날 아침에 갑자기 일어나기를 기다렸다. 하지만 이미 보름이 지났는데도 아무 일도 일어나지 않았다.

여주인이 조금 전 나에게 "어제의 사건"이 있었는데도 계속 나를 묶게 할 수는 없다고 말했다.

3부

저녁 9시, 지에역이다. 티엔에게는 알리지 않았다. 비가 내리고, 어두운 밤이다. 뷔그로 가고 있다. (나는 세어 본다.) 십칠 더하기 십오, 니콜라가 죽은 뒤 삼십이 일이 지났다. T……로 떠난 건 십오 일 전의 일이다. 호텔에서 나를 쫓아내길 잘했다. 바다에는 어제부터 비가 내렸고, 여기도 똑같다. 고운 이슬비가 바람을 멈춰 세운 뒤 소리 없이 꾸준히 내린다. 10월이 겨울을 만들 반죽을 섞는 중이다. 초승달이 떠 있는 동안 계속 비가 내릴 터다. 조금 전, 무성한 나뭇가지들처럼 하늘을 가리고 있던 구름이 벌어진 틈새로 초승달이 떴다. T……에서는 익사한 남자 때문에 아무도 나를 원하지 않았다. 아무리 매일 열 명 넘는 익사자가 나온다 해도, 나는 꼭 그 남자를 보았어야 했다. 어제 일이지만, 이미 오래된 일이다. 호텔 여주인은 나를 멸시하다시피 했다. 그래야 한다고 생각했으리라. 나는 두려웠다. 사람들이 나를 간파할까 봐, 내가 너무 많은 말을 해서 사람들이 내가 누구인지 알게 될까 봐, 그들이 내가 누구인지 알고 말할 수 있게 될까 봐 두려웠다. 나는 불행한 살인자들을, 자기 자신에 대해서도 너무 많이 깨닫게 되어 스스로를 완전히 혐오하게 되는 이들을 떠올렸다. 호텔 여주인은 풍만한 가슴을 숨 쉬기 힘들 정도로 꽉 브래지어로 죄고 있어서 가슴이 시작되는 자리가 두 개의 부푼 초승달처럼 솟아올랐고, 목덜미가 불그스레했고, 시선은 나를 피했다. "그런 일이 일어났으니 당신을 더 묵게 할 수는 없어요." 내가 사람들을 부르지 않았기 때문이다. 설령 아무 소용이 없다 해도 사람을 불러야 하는 때가 있다는 것이다. 나 역시 사람을 불러야겠다는 생각이 잠시 들기는 했다. 하지만, 고요했다. 정말 고요하기만 했다. 그날의 태양 아래서 내 배 속에서도 내 머릿속에서도 무언가 움직이는 소리조차 없었다. 지금과는 달랐다. 걸을 때는 생각하게 된다. 나는 지금 내 등에 흐르는 냉기는 열이라는 생각을 한다. 제롬은 열이 오르자 나한테 공증인을 불러 달라고 했었다. 나 역시 언젠가는 그럴 것이다. 그 남자는 익사했다. 나는 그를 보았다. 사람이 어떻게 물에 빠져 죽는지 보았다. 고요했고, 그는 바다 위로 떠났다. 그는 두 팔과 두 다리 안에 바다를 모았다. 내가 분명 위험하다고 말해 주었는데 그렇게 했다. 그는 익사했다. 하지만 그 일은 아주 멀리서, 아주 작은 이미지로, 나머지 모든 것이 그늘 속에서 깜빡거릴 때 여전히 거대한 태양빛을 받고 있던 내 눈의 한구석에서 이루어졌다. '안 보는 척하지만, 사실 넌 보고 있었어. 그 사람은 물 때문에 가슴이 조여 와서 숨을 쉬지 못했고, 어쩌면 그때 널 쳐다보았을 거야.' 아니다! 정말 순식간이었다. 기껏해야 3초. 그가 보이다가, 어느 한순간에 시야에서 사라졌다. '익사했어, 끝났어.' 나는 다른 투숙객들에게 거짓말하지 않았다. 그렇게 끝났다. 덧붙일 말이 없었다. 사실 침대에서 죽는 것보다 낮지 않은가. 바람에 맞서 헤엄치다가 파도 머리 위에서 죽기. 남자가 그 순간에 무엇을 생각했을지 알 것 같다. '죽을 시간이 없네. 그래, 죽어야 한다는 걸 알아. 그러니까 잘 죽을 수 있게 몇 분만 시간을 줘.' 소음 속에 사방에서 들려오는 한 가지 소리. 물속에, 귀에 들어온 물 속에, 바람, 물, 소리, 터무니없는 무질서, 무질서에 섞인 무질서. '잠시 내 흉곽을 물에서 꺼내 줘. 그러고 나서, 좋아, 그러고 나서, 하지만, 그 전에, 한 번만, 푸른 공기를 끝없이 길게 한 번 들이마시게 해 줘. 숨 쉬면서 죽게 해 줘. 그러고 나면, 그래, 좋아. 하지만 그 전엔, 제발, 당신 인간들에게, 하늘에 애원할게. 제발, 공기를 한 번 들이마시게 해 줘. 그래도 되잖아. 한 번 더 공기를 마실 권리가 있잖아!' 그 모든 것이 내게 가까운 어디에선가 일어난 건 맞다. 그날은 날씨가 좋았다. 오늘 같지 않았다. 지금은 비가 그칠 것 같지 않다. 9월에 이렇게 비가 내리기 시작하면 궂은 날씨가 이어진다. 달도 안 보인다. 달은 짙은 하늘 너머에 떠 있다. 달에도 공기가 부족하다. 하지만 비 너머 높은 곳은 고요하다. 비행기가 그곳을 지나갈 수 있다. 그래서 비행기들은 비를 안 맞는다. 제롬이 해 준 얘기다. 제롬이 생각난다. 그는 일어서서 기지개를 켜고는 마당에서 체조를 하곤 했다. 뷔그의 아침. 겨울. 날씨가 좋았다. 막 커피를 마셔서 배 속이 따듯한 상태로 추운 바깥으로 나갔을 때였다. "사무실에서 서류나 긁적이는 인간들은 이런 날을 몰라." 제롬이 말했다. 그는 늙지 않기 위해 운동을 했다. 주먹으로 얻어맞고 죽을 거면서 그런 수고를 했다. 그러고 나면 일하러 가지 않고 다시 집으로 들어가서 불을 쬐곤 했다. 나는 그렇게 세상에 거짓말쟁이가 있다는 것을, 코만 밖에 내놓고 미사여구를 늘어놓는 이들이 있다는 것을 배웠다. 거짓말쟁이들

163

은 날씨가 아주 좋다고 말하고는 집에 틀어박혀 불을 쬤다. 제롬은 거짓말을 했다. 늘 거짓말을 했다. 내가 제롬을 보는 동안 하루가 비워져 갔다. 나는 해가 곧 기울고, 어제 그랬듯이 오늘도 어김없이 저녁이 찾아온다는 사실을 떠올렸다. 나는 전부 떠올렸다. 나는 마당을 가로지르지 않고 별채들을 끼고 돌아서 갔다. 하지만 제롬을 피하는 것은 그를 보는 것과 다름없이 힘들었다. 그런데 니콜라는, 니콜라를 볼 때는 전혀 달랐다. 니콜라의 머리카락, 눈, 치아가 아침 햇살 속에 빛났다. 니콜라는 나에게 다가와서 빙그레 웃으며 일하러 내려간다고 했다. "추워, 프랑수?" 옆에서 우리의 암말 마가 빈 쟁기를 끌고 있었다. 니콜라를 다시 볼 수 있다면, 얼마나, 얼마나 기쁠까. 알아보기도 힘들었던 그 얼굴이라도 다시 보고 싶었다. 우리는 사람들이 다 있을 때는 말하지 않았다. 늘 둘이서 얘기할 수 있을 때를 기다렸다. 서로 사랑한다고, 서로가 마음에 든다고 생각할 수 있을 그때를 기다렸다. 하지만 나는 그 말을 이제야 해 줄 수 있다. 그는 죽었고, 이제 말해도 아무 소용 없으니까 말이다. 전에는 차마 말할 수 없었다. 니콜라는 쭉 뻗은 몸에 매끈한 가슴이 보기 좋게 볼록했다. 니콜라는 저녁이면 뤼스를 생각하며 슬퍼했다. 내 동생. 하나밖에 없는 동생. 이제 니콜라는 죽었고, 평온하다. 겨울 동안 땅은 따뜻하다. 니콜라는 춥지 않겠지. 니콜라의 치아는 그대로 남아 있겠지. 눈은 이미 없어졌으리라. 그 생각을 하면, 보랏빛으로 촉촉이 젖은 비밀처럼 깜빡이던 니콜라의 눈, 사물을 바라보던, 완벽하던 그 눈이 없어졌다는 생각을 하면…… 아, 그 생각을 하면! 내 배 속 깊숙한 곳을 얻어맞은 느낌이다. 단 1분도 더 니콜라 없이 살 수 없을 것 같다. 하지만 이런 순간은 드물다. 이제 나는 조금 전에 그랬듯

164

이 니콜라의 눈을 생각하지 않는다. 수치스럽기까지 하다. 하지만 수치심은 없다. 뭐든지 괜찮다. 일어나는 일은 다 그렇다. 어떤 것을 혹은 다른 것을 생각하는 것도 마찬가지다. 자신의 생각을 두려워해서는 안 된다. 그 어떤 것도 두려워할 필요가 없다. 니콜라는 죽었고, 이제 평온할 수 있다. 더는 두려움도 수치심도 필요 없다. 이제 니콜라는 따뜻한 흙 속에 따뜻하게 누워 있다. 흙이 따뜻하다고 나에게 말해 준 건 제롬이다. 제롬은 아는 게 많았다. 사실 내 지식 중에는 그에게서 온 게 많다. 제롬을 다르게 대할 수 있었을까? 제롬의 말을 들어 주기. 한 번도 들어 주지 않았다. 들어 줬어야 했다. 제롬이 나에게 했던 말이 이제야 맞는 얘기 같다. 전부 맞다. 제롬은 우리가 자기 말을 들어 주길 원했다. 그런데 모두 그를 무시했다. 식탁에서 그가 무슨 말을 하면 모두 맛있게 먹는 척했다. 아무도 좋아하지 않는 양배추뿐인 식탁에서도 그랬다. 제롬은 일부러 한참 동안 말없이 가만히 있었다. 그러다가 갑자기 입을 열면 우리가 피하지 못하고 자기 목소리를 들을 수밖에 없다고 생각한 것이다. 그리고 제롬은 일부러 재미있게, 듣는 사람이 놀라게 만드는 방식으로 말했다. 질문 형태일 때가 많았다. "니콜라, 너 그거 알아? 전쟁 때 내가 어떻게 첫 진급을 했는지?" 그러니까 제롬은 우리가 자기를 좋아하길 바랐다. 제롬이 원한 것은 우리뿐이었다. 다른 사람들은 관심 밖이었다. 그런데, 증오, 그렇다, 증오였다. 우리는 그의 말에 관심 없었고, 들어 주지 않았고, 기억하지 않았다. 특히 제롬이 밥을 먹는 식탁에서 우리는 그를 증오했다. 지금은 우리가 그의 말을 더 들어 주지 않았다는 게 너무 싫다. 그가 일하지 않았고, 우리가 주는 음식을 맛있게 먹었기 때문이다. 우리는 그가 비열한 도둑이라고, 그런데도 자기한테 불만이 없는 인간이라고 생각했다. 아마도 제롬은 몰랐을 것이다. 그는 자신이 도둑임을 알지 못한 도둑이었다. 만일 지금 제롬이 내 곁에 있다면 나는 상냥한 말을 건넬 것이다. 니콜라에게 설명해 줄 것이다. 그때 말해 주었어야 했다. 증오는 바뀔 수 있다. 모두의 말, 거짓말쟁이들의 말까지도 들어 주어야 한다. 이제 제롬은 더는 지껄이지 못하고, 앞으로도 영원히 못한다. 한 번만 들어 줄걸. 아니다, 단 한 번도 안 된다. 아마도 클레망스는 들어 주었으리라. 다행이다. 그 생각을 하면 좋다. 아직도 3킬로미터를 더 걸어야 한다. 먼 길이다. 이제 10월이다. 지난 10월이 떠오른다. 어느 날 저녁에 우리가 마당에 있을 때 엄마가 말했다. "낮이 짧아지기 시작하네. 춥기도 하고. 어느새 그렇구나." 그러자 니콜라가 집으로 들어가서 불을 피우자고 했다. 겨울의 첫 불이었다. 제롬도 있었고, 구석에서는 그해 10월 들어 처음으로 클레망스가 노엘을 품에 안고 재웠다. 다음 해 10월도 있고, 그 뒤에도 계속 있을 것이다. 아직 3킬로미터가 남았다. 가다가 지에의 의사를 만나면 손짓을 해서 불러야겠다. 차를 세워 주면 타는 거다. 모터의 열 때문에 차 안에 들어가자마자 따뜻하겠지. 그 차 안에 오래 앉아 있고 싶다. 의사가 천천히 차를 몰아서 3킬로미터를 천천히 갔으면. 그러면 지금 등에 느껴지는 오한도 사라지지 않겠는가. 아무래도 이번에는 내가 병이 날 것 같다. 두 달 동안 침대에 누워 있기. 쇠약해지기. 티엔이 간호해 줄 테지. 내가 정원 쪽으로 난 방을 써야겠다. 벽난로에 불을 피우고 제일 예쁜 잠옷을 입어야지. 의사. 그와 또 주변에 사는 농부들이 우리를 어떻게 생각하는지 모르겠다. 니콜라와 제롬이 죽고 클레망스와 노엘이 떠나고 아빠와 엄마가 정신이 나가지 않았는가. 굳이 뷔그에 와 보지 않아도 알 수 있다. 무엇이든 다 알게 된다. 사람들이 알지 못하는 건, 내가 어느 정도로 자기들을 개의치 않는지 하는 것이다. 나는 그저 따뜻한 곳에서 평온히 지내면서 더는 움직이지 않고 싶다. 예를 들어 작업실에 피워 놓은 불 옆에서, 혹은 내 침대에서 옷을 벗고 티엔의 몸에 붙어서, 아무튼 가만히 있고 싶다. 하지만 내일이면 다시 피곤해질 테고, 잊어버릴 테고, 소작인들을 챙겨야 할 것이다. 뷔그에 또 새 사람들이 와 있다는, 또다시 똑같이 시작되리라는 생각을 하면…… 지겹다. 내가 일을 시켜야 한다. 내가 진짜로 못하는 일이다. 일하는 것보다 더 피곤하다. 내일, 모레, 다시 일을 시작하기, 영원히 똑같다. 세상에는 부자도 있고 가난한 사람들도 있다. 나는 영원히 가난하겠지. 나는 일을 하기 위한 튼튼하고 건강한 몸을 가졌다. 지금 이 순간에 바로 그런 몸이 필요하다. 한 손에 여행 가방을 들고 비를 맞으며 걷는 사람들, 얼굴 위로 흘러내리는 머리카락, 다 닳아버린 신발, 그리고 몸속의 권태. 하지만 권태 안에, 비 안에, 편안함도 있다. 새벽 5시, 영하의 날씨 속에서 담뱃잎을 자르면 손가락이 시퍼렇게 되고 관절에서 소리도 난다. 사실 따지고 보면 나는 디시 일을 시작하는 게 그다지 싫지 않다. 별로 피곤하지 않다. 오히려 반대다. 아래로 리술강이 흐르고, 거품 이는 흰색의 작은 태양이 떠오를 준비를 하고 있다. 사실 좋은 날도 있다. 순들이 돋아나면, 어서, 4월에 가서 베어야지. 아니다. 좋은 날은 다 끝났다. 이유는 모른다. 어쨌든 지금은 등을 따라 내려가는 오한이 사라지면 좋겠다는 생각뿐이다. 한번 다시 신경 쓰기 시작하면 벗어나기 어렵다. 무언가를 생각하기 시작할 때 그 생각을 다시 시작하고 있다는 생각도 하게 된다. 절벽 속에 비를 피할 수 있는 동굴이라도 찾으면 좋을 텐데. 하나 있기는 하다. 조금 더 가서 모퉁이를 돌기 전이다. 하지만 걷기를 멈추고 나면 정말로 추워질 수 있다. 차라리 그냥 뷔그까지 가는 게 낫다. 이제는 걷고 있다는 느낌도 없다. 숨 쉬는 것과 마찬가지다. 몸에 스며드는 한기 때문이라면 뷔그까지 곧장 가는 게 낫다. 그 나머지는, 어차피 나는 어느 곳에서도 편할 수 없다. 이제 더는 편하게 일할 수 없다. 지금도 나는 더는 좋은 날이 없으리라 생각한다. 하지만 그렇지 않다. 그렇지 않다는 걸 내가 몰랐을까? 내일이면 잊게 된다. 전부 잊는 것은 아쉽지만, 차라리 잘된 일이다. 그렇다, 아쉽지만 차라리 잘된 일이다. 더는 모르겠다. 그 이유는 나도 모른다. 아쉽지만 차라리 잘된 일이다. 그게 바로 내가 마지막으로 생각한 것이다. 바람이 곧 나의 상념을 쓸어 갔고, 그 상념은 죽은 새의 마지막 깃털처럼 바람의 것이 되었다. 이제 더는 생각할 게 없다. 아무것도 없다. 내 머리가 갑자기 텅 비고 상쾌해진다. 내 뇌 속에 비가 흐르는 것 같다. 바람이 이 마지막 생각까지 가져가 길 위에 날려 보냈으면. 내일 누군가 가벼운 발길로 그 생각을 밟아 버렸으면. 내 머릿속에는 이제 발소리를 위한 자리밖에 없다. 거대한 지하실이 된 내 머릿속에 발소리가 들린다. 사방에서, 한 농가에서, 그리고 여기에서, 따박, 따박, 내 발소리다. 아주 잘 들린다. 내 발소리에 귀를 기울여 보자. 잘 생각해서 집에 더 빨리 도착해 보자. 뚜벅, 뚜벅, 뚜벅…… 두 걸음씩, 세 걸음씩, 혹은 네 걸음씩. 어떤 발이 먼저 나가서 다른 발이 따라가는 걸까? 내가 왼쪽을 생각하면 왼쪽이고, 오른쪽을 생각하면 오른쪽이다. 내가 아기 때 처음 걸으면서 어느 쪽 발부터 떼었는지 알아야 하는 걸까? 그걸 모르면 속임수를 쓸 수밖에 없다. 한 발을 땅에 붙이고 다른 쪽 발을 한 걸음 내딛자. 하지만 그러면 땅에 붙어 있던 발도 한 걸음 옮기게 된다. 결국 앞으로 나아간다. 두 다리는 고집스럽다. 잘했다. 두 팔과 마찬가지로 두 다리는 강하다. 나는 밭일도 해 봤다. 소작인들이 왔다니 아쉽다. 이제는 하고 싶은 대로 할수 없다. 티엔이 모든 일을 조정했다지만, 결국 그는 소작인들을 끌어들여 내 삶에 독을 풀었다. 나는 이제 더는 밭을 갈 수 없고, 클레망과 함께 나무를 쓰러뜨리며 놀 수 없다. 하지만 생각은? 여전히 할수 있다. 요령만 알면 된다. 가방이 무겁다. 가방 때문에 왼팔이 늘어진다. 모든 게 아빠 엄마가 이곳에 정착한 탓이다. 니콜라와 나는 커피 한 봉지나 소금 반 킬로를 사기 위해 이 길을 오가느라 인생을 허비했다. 시장에 일주일에 한 번 갔지만, 가서 사는 얼마 안 되는 물건에 비하면 너무 힘든 길이었다. 이제는 제롬과 니콜라의 무덤에 꽃을 가져다 놓으러 묘지에도 가야 한다. 단숨에 둘이 죽다니. 심했다. 드문 일이다. 나는 자주 찾아가서 꽃을 놓지 않을 거다. 너무 멀다. 엄두가 나지 않는다. 내가 보살펴야 하는, 생명을 지켜 내야 하는 아빠 엄마도 있다. 엄마는 입 맞춰 주고 싶다. 하지만 아빠는 아니다. 나는 아빠를 소중하게 아끼고 싶고, 내가 성홍열에 걸렸을 때처럼 저녁마다 나에게 『귀가 찢긴 남자』[2]를 읽어 주게 하고 싶다. 아빠가 얼마나 좋은 사람인지 아무도 모른다. 아빠 엄마가 세상을 떠나기 전에 조금이나마 행복했으면 좋겠다. 맛있는 커피와 갈레트도 만들어 주고 싶다. 돈이 좀 있으면 차를 사서 언제든 돌아다닐 수 있게 해 주고 싶다. 호기심 많은 아빠와 엄마가 구경하러 다니고 그러면 니콜라 생각을 잊지 않겠는가. 티엔이 아빠 엄마를 위해 피아노를 치

2 프랑스의 작가 에드몽 아부Edmond About의 1862년 작 소설.

기는 한다. 하지만 그건 저녁에나 가능하다. 낮에는 두 사람 다 침대에 누워 저녁이 오기를 기다려야 한다. 지금 티엔이 피아노를 칠 시간이다. 티엔 생각을 하고 싶지 않다. 티엔. 몇 시간 뒤면 싱싱하고 매끈한 그의 몸이 내 침대에 있겠지. 얼마 남지 않았지만, 너무 멀다. 뷔그까지 영영 못 갈 것만 같다. 나에게 고통을 안기는 것이 그에게는 행복을 준다. 살아 있다는 것. 그는 편하게 잘 살아 내는 방법을 안다. 책에서 얻고 머리에서 나온 생각들을 통해 그는 행복해야 하는 타당한 이유들을 찾아냈다. 그는 모든 것을 다 생각했고, 심지어 살날이 1년도 안 남았다는 최악의 생각도 했다. 그는 자신이 젊다는 것을 안다. 자기가 늙었다는 것 또한 안다. 그는 자기가 티엔이라는 것을 안다. 또한 다른 사람들과 닮았다는 것도 안다. 그는 자기가 죽어야 한다는 것을 안다. 그리고 자신의 죽음을 살아 있는 두 팔로 사랑스럽게 껴안고 있다. 나는 그의 두 팔 안에서, 아! 기꺼이 죽을 마음으로 여름날 우물 속에서처럼 잠들 수 있으리라. 그 안에 누워, 너무도 부드러운 거품 속에서, 그의 팔이 만든 둥지 속에서, 나는 그렇게 구름이 흘러가는 소리를 듣고 싶다. 그는 세상의 모든 신을 다 믿어 보려 했지만 결과는 기대와 달랐다. 그래서 그는 슬펐다. (아마도 그랬을 테지만, 나도 정확히는 모른다. 내가 아는 것은 그저 신 없이 살 수 있는 사람들이 있고 티엔도 그중 하나라는 사실뿐이다.) 티엔은 어떤 신도 믿지 않기로 했고, 즐거워졌다. 티엔이 즐거워하는 모습을 보고 있으면 비로소 그가 이전에는 슬펐고 신들에게 신경 쓴 적도 있었음을 알게 된다. 원한다고 누구나 순수해지는 게 아니며, 원한다고 누구나 심각한 것에 대해서든 그렇지 않은 것에 대해서든 구분 없이 웃게 되지는 않기 때문이다. 티엔이 잠드는 걸 나는 알 수 있다. 눈까풀이 보랏빛이 되고, 입이 처진다. 바로 그때, 그는 기억한다. 오래전의 패배들. 이미 패배한 유년기를 기억한다. 그는 잘생겼다. 게다가 아주 선하고 똑똑하다. 그 속에서 당신은 강물에 떠 있는 지푸라기다. 어느 쪽으로 보든, 그 누구보다 가장 잘생겼다. 그가 마치 물고기처럼 손가락을 부드럽게 밀어 넣는다. 물고기처럼. 그는 늘 여행을 떠나고 싶어 한다. 만일 그가 어디로 갈지 말한다면 나는 실망할 거다. 그가 떠나기를, 그가 떠나기를, 그는 떠나리라, 떠나리라. 하지만 나는 여행에 대해서도 책에 대해서도 결코 결심하지 못한다. 나 혼자 하는 멋진 여행은 아쉬우리라. 젖은 구두 속에 부어오른 두 발이 뜨뜻하다. 이미 발꿈치에 물집이 생겼지만 느낌이 없다. 내일 물집이 터지고 나면 느껴질 터다. 나의 손. 내 두 팔 끝에 달린 두 개의 무거운 짐. 나는 무겁다. 내가 생각하는 것들이 그대로 남아서 발을 구르고 뒤섞인다. 그 어떤 상념도 다른 상념을 쫓아내지 않는다. 무질서다. 질서도 있다. 상념들은 차례대로 온다. 아니라고 말할 수는 없다. 예를 들어 보자. 나는 영원히 뷔그에 남기로 한다. 그러고 나서 곧, 이 세상 어디에든 다 가고 싶어진다. 그런 뒤에 게으름. 나는 갈 필요가 없다고 생각한다. 나 아니라도 갈 다른 사람들은 많으니까. 그러고는 곧바로 그렇지 않다는 것을 안다. 한 번만이라도 결심할 수 있었으면. 싫증 내기로 결심하고 싶다. 그리고 미소 짓고 싶다. 나를 사랑하기로 결심하고 싶다. 그리고 미소 짓고 싶다. 하지만 그녀가 있다. 내가-사랑하는-여자, 내 마음에 드는 여자. 나는 만인에 대한 애정으로 그녀 역시 사랑한다. 나는 그녀를 내 머리로부터 지켜 주고 싶다. 그녀를 찾아서 길들이고 티엔에게 주고 싶다. 그녀에게 젖을 빨 예쁜 아기들을 주고 싶다. 그녀는 봄 위에 앉으리라.

아! 그녀가 봄 위에 앉아서 웃기를, 웃기를! 내 빌어먹을 머리가, 늙고 사악한, 이 늙은 머리가 그녀를 건들지 못하게 지켜보고 있어야 한다. 내가 사랑하는 그녀가 버틴다. 아직 몸을 바친 적 없는 젊은 아가씨들처럼 수줍어한다. 어쩌면 그녀를 봄으로 나오게 할 수 없을지도 모른다. 절대로. 그러면 그녀를 눕혀야겠다. 죽어 고요한 이들 곁에, 따뜻하게 같이 눕히자. 지금 내 곁에 누군가 있다면 다 이야기할 텐데. 다른 사람들도 그런지 알고 싶다. 나 같은 사람이 많은지, 나 혼자만 그런지. 티엔, 그가 떠나가길. 그러면 더는 힘들지 않을 텐데. 그가 떠나고 나면 나는 그 어떤 것으로도 힘들지 않고 평온해질 텐데. 더는 그가 떠날지 떠나지 않을지 생각하지 않아도 될 텐데. 그냥 따뜻한 작업실에 머물러야겠다. 뷔그에 다 왔으면 좋았을걸. 그래서 곧바로, 즉시, 영원히 시작했으면 좋았을걸. 영원히 따뜻한 불가에 앉기. 계속 그러고 있고, 절대 이 저녁을 잊지 않기. 그래도 나는 이따금 기꺼이 죽음을 맞으리라. 마치 내가 아직 젊다는 사실을 깨달은 것과 같다. 죽은 이들은, 죽어서 서늘하고 따뜻한 묘지에 누운 이들은 어디에나 있다. 나 역시 언젠가는 그렇게 된다. 나도 눕는다. 옆가르마를 탄 머리카락에 왼손에 난 흉터 그대로 눕는다. 딱총나무 줄기를 벗겨 니콜라에게 호각을 만들어 줄 때 생긴 흉터. 오래전의 것이다. 하지만 없어지지 않는다. 죽은 뒤에도 내 손에 그대로 남는다. 그래도 그때부터는 숨겨진다. 아무도 알 수 없다. 나는 이제 그만 생각하고 싶다. 뷔그까지 갈 길이 멀다. 무엇 때문에 뷔그인가. 나는 뷔그를 영영 떠나고 싶고 동시에 뷔그에 남고 싶다. 뷔그의 부엌에 구리 냄비들이 어떻게 걸려 있는지 다 잊고 싶고, 토요일 오후면 그 냄비들을 닦아 윤을 내야 한다는 것도 잊고 싶다. 나에게 즐거움을 주는 그 어떤 것도 더는 지니고 싶지 않다. 나는 그 누구보다 혼자이고 싶다. 나는 그 누구보다 버려졌다. 그 누구보다 무겁다. 내 상념들 때문이다. 상념들이 아무리 무질서해도 나는 헤쳐 나간다. 나는 이미 그 무질서에 익숙하다. 매번 나는 나의 상념들을, 생쥐의 얼굴을 한 그 하나하나를 알아볼 수 있다. 이제 새로운 상념이 더해지지는 않을 테고, 평온한 삶이 오고 있다. 나는 내 머릿속을 한 바퀴 다 돌아 보았다. 내 머리는 그 누구보다 무겁다. 아무도 그 사실을 모른다. 나는 그 누구보다 불쌍하다. 다른 모든 사람들과 마찬가지로, 그 누구보다 불쌍하다. 제일 많이 불쌍하든 제일 적게 불쌍하든 상관없다. 평온한 삶이 올 테니까. 정말로 온다. 나는 비를 좋아한다. 비가 내릴 때 얼굴을 내밀고 입을 벌리는 게 좋다. 나는 사람들이 죽는 게 좋다. 지금처럼 내 등줄기에 전율이 흐르는 것도 좋다. 내 발꿈치에 잡힌 물집도 좋다. 나의 모든 이야기가 좋다. 평온한 삶이 온다. 아! 지에의 묘지가 보인다. 저곳에 어린 니콜라와 늙은 제롬이 잠들어 있다. 나는 니콜라를 충분히 사랑해 주지 못했다. 부족했다. 니콜라를 좀 더 잘 지키고 보살펴야 했다. 니콜라는 이미 오래전에 죽음으로 돌아갔다. 그의 빈 눈구멍에 입을 맞추고 싶다. 눈이 사라진 자리의 냄새를 맡고, 내 동생의 냄새를 확인하고 싶다. 그러면 기분이 좋아지고, 몸이 따뜻해지고, 젊어지리라. 어쩌랴! 묘지를 지나고 나니 니콜라 생각도 점점 약해진다. 묘지를 지난 뒤에도 먼 길이다. 그래도 니콜라의 눈은 따스하다. 바람은 차갑고, 늙은 창녀 같은 바람 속에서 니콜라 없는 나는 다시 늙은 창녀가 된다. 또 니콜라다. 나는 여전히 니콜라 생각을 한다. 다시는 안 하겠다고 큰 소리로 맹세하고 싶지만 소용없다. 보나 마나 다시 생각하고, 하고 또 할 것이다. 니콜라는 죽었다. 이미 삼십이 일이 지났다. 이제 니콜라는 죽을 일 없이 평온하다. 이제 다시는 죽지 않는다. 끝났다. ─ 그런데 나는 걸어야 하고, 니콜라가 죽은 뒤에도 하루하루를 더해 가야 한다. 싫지만 어쩔 수 없다. 나는 죽고 싶지 않다. 니콜라를 보지 못한 삼십이 일이 이미 지나갔고, 너무도 짙은 갈색으로 물든, 비와 진흙으로 폭신한 가을날이 오고 있다. 나는 걷고, 이유를 알지 못하고, 사람들이 나에게 뭘 원하는지, 내가 내일 다시 뭘 하기를 바라는지 알지 못한다. 그렇다. 아직 죽지 않았으면 절대 다 끝나지 않았다. 내일이면 나는 내 자리를 가질 터다. 내가 원하든 원하지 않든 상관없다. 하루하루 커 가면서 어디까지 갈까? 여기서 빗속에 멈춰 설 수도 있지만, 그래 봐야 소용없다. 그 역시 나를 위한 자리이고, 자리를 갖는 한 방법이다. 니콜라도 그렇게 생각했으면 뤼스 때문에 괴로워하고 자살할 필요가 없었을 텐데. 어리석기는. 그래도 나는 니콜라를 안아 주고 싶다. 아! 한 번만 더 품에 안아 줄 수 있다면! 나는 늙었다. 니콜라를 다시 안아 줄 수 없게 된 뒤로 나는 다가올 날들을 미리 살아 내고 늙었다. T……에 머문 뒤에…… 나는 확실히 안다. 그 모든 비극적 사건들, 그리고 물에 빠져 죽은 남자의 일. 나는 너무 많은 사건을 짊어지고 있다. 어디서나, 사방에서 사건이 터졌다. 나 때문에 일어난 사건들이다. 적어도 사람들은 그렇게 믿는다. 하지만 나는 안다. 어차피 나와 상관없는 일이다. 권태는 어쩔 수 없다. 나는 권태롭다. 언젠가 권태롭지 않은 날이 오겠지. 머지않았다. 나는 필요조차 없음을 알게 될 것이다. 평온한 삶이 오고 있다.

평소처럼 지에에 가서 장을 보고 돌아오는 기분이었다. 이번에는 티엔을 다시 만나고 새로 온 소작인들과 인사를 해야 한다는 것만 달랐다. 여행 가방이 그리 무겁지는 않았지만 나는 피곤했고, 뷔그에 다가갈 때는 허기가 느껴졌다. 그래도 아직 더 가야 한다면 밤새도록이라도 걸을 수 있을 것 같았다. 더 배고파지지 않고, 계속 이 정도로 따뜻하다면, 내 젖은 구두가 길에 마찰하는 똑같은 소리가 계속 들린다면, 나는 그럴 수 있었다.

갈림길을 지난 뒤 뷔그로 들어가는 길 중간까지 갔을 때 피아노 소리가 들렸다. 그렇다. 지금은 티엔이 작업실에서 피아노를 칠 시간이다. 그 안은 따뜻하고 불이 환하게 밝혀져 있을 것이다.

나는 티엔의 등과 목을, 그리고 내가 들어서면 뒤돌아볼 그의 옆모습을 그려 보았다. 그는 일어서겠지만 날 맞으러 다가오지는 않는다. 피아노 건반을 떠난 두 손이 몸 옆으로 늘어진 채로 움직이지 않는다. 티엔이 마음을 바꾸었을지 모른다. 그럴 수 있지 않은가. 어쩌면 떠나지 않고 그냥 뷔그에 머물기로 했을지도 모른다. 이해하기 힘든 고집으로. 알 수 없다.

나는 비탈에 앉았다. 음악이 바람에 실려 내 어깨까지 왔다.

옷이 축축하고 뜨뜻했지만 나는 편하게 앉아 있었다.

이제 비가 가늘어졌다. 빗소리는 바로 옆에서는 또렷한 귀뚜라미 울음소리 같고, 멀리서 들으면 거대한 발이 땅을 딛는 소리 같다.

집에 다 오니, 곧바로 들어가고 싶지 않다.

티엔을 피할 수 없다. 나도 안다. 나는 그가 원하는 여자, 가장 끔찍한, 가장 훌륭한 여자가 될 것이다. 그가 원한다면 아름다운 여자가 되어야지. 머리도 단장하고. 회색 꽃무늬가 있는 빨간 원피스도 입어야겠다. 그러고 싶다. 일요일마다 니콜라의 무덤에 꽃을 놓으러 가야지. 맞다, 니콜라……. 그러고 나면? 우리가 낳은 아들을 니콜라의 방에서 재우자. 방은 흰색으로 칠하자. 티엔이 결정할 테지만, 난 그러고 싶다.

누군가 다가온다. 누군지 알겠다. 클레망이 램프를 들고 있다.

걸음을 멈춘 그가 내 옆으로 비탈에 앉았다. "돌아오신 건가요?" 나는 그동안 별다른 일이 없었는지 물었다. 클레망은 티엔이 저녁마다 베르나트 나리 부부와 바라그 양 앞에서 피아노를 친다고 했다. 나는 뤼스 바라그가 언제부터 오는지 물었다. "니콜라 도련님이 살아 있을 때 놓고 간 물건을 찾으러 왔다가, 그 뒤로 매일 저녁 오죠."

클레망은 일어나는 일들을 모두 알고 있다. 겨울, 비, 서리, 아이들, 죽은 이들. 클레망은 그 어떤 사물도 인간도 특별히 더 좋아하지 않았다. 자기 의견을 가지려 하지 않고, 그래서 사람들은 그가 늙었다고, 바보라고 말한다. 클레망은 좋은 일도 나쁜 일도 하지 않는다. 그냥 언덕 위에서 모든 것을 지켜본다. 그러다 정해진 날이 오면 안감에 털을 댄 겨울 외투를 벗고, 또 어느 날이 오면 다시 입는다. 클레망이 몇 달이고 양을 치면서 무슨 생각을 할지 나는 늘 궁금했다. 아마도 그는 자신의 삶이 한 인간의 삶이라고 느끼지 못하는 것 같다. 그의 상념은 해가 뜰 때 같이 떠서 해가 질 때 같이 지고, 양들을 따라다니고, 양들의 젖을 짜는 두 손에 달라붙어 있고, 자기가 피워 놓은 불을 지키는 것 같다.

　　우리는 한참 말없이 앉아 있었다. 정말로 클레망한테는 할 말이 없다. 나는 새로 온 소작인들이 어떤지 물어보았다. 클레망은 티엔 나리가 괜찮은 사람들이라 한다고 대답했다. 그러면서 그동안 아무 일도 없었다고, 양들을 팔고 양털도 팔았다고, 병든 놈도 없다고, 곧 겨울맞이로 양들을 우리에 넣어야 한다고 했다. 나는 아빠와 엄마가 니콜라가 죽었을 때처럼 계속 정신 나간 사람들 같으냐고 물었다. 클레망은 자기는 전혀 몰랐다고 했다. 광기는 이성과 비슷하고, 이성은 광기와 비슷하다. 이성의 정신을 버리고 광기를 엿보기만 하면 광기는 저절로 설명되고 이해된다. 그렇다. 클레망은 아무것도 알아채지 못했다. 얼마 전 아침에 아빠를 보았는데, 평상시와 다름없는 모습이었다고 했다. 나는 어디서 봤고, 무슨 말을 했냐고 물었다. 리솔강 가까이 철로가 지나는 비탈길이었고, 아주 이른 시각이었다. 클레망은 아빠와 잠시 이야기를 나누었다고, 아빠가 10월치고는 날씨가 좋다고, 해 뜨는 걸 보니 좋다고 말했다고, 제정신이 아닌 것 같은 말은 듣지 못했다고 했다. 그리고 베르나트 부인은 뷔그의 마당에 한 번도 나오지 않는다고, 자기는 베르나트 나리에게 엄마의 안부를 묻지 않았다고, 니콜라가 죽은 뒤로 힘들어하실 테니 일부러 안 물었다고 덧붙였다. (그러고는 클레망은 입을 다물었다. 그는 자식을 잃은 고통은 그 자식을 낳을 때의 고통과 마찬가지로 시간이 지나야 함을, 아직 그 시간이 지나지 않았음을 알았다.)

그래도 마당을 지날 때 창 너머로 엄마가 침대에 누워 있는 모습은 볼 수 있었고, 그럴 때 엄마가 손짓을 했다고 했다.

나는 엄마의 모습을 그려 본다. 엄마는 여행 중이다. 고통의 바다 위를 표류하고 있다. 아직은 멈출 수 없고, 다른 사람들에게 다정한 손짓을 하면서 그들을 잊지는 않았음을 보여 줄 뿐이다. 하지만 엄마가 너무 멀리 있기 때문에 마당을 지나가는 사람들은 엄마가 자기들을 보지 못한다고 생각한다. 그래서 그냥 지나가고, 엄마는 그래 준 것을 고마워하며 깊은 우정을 느낀다. 엄마는 마당에 나가지 않으면서 미안해했지만 어쩔 수 없었다. 엄마는 생각해야 했다. 더 이상 집에 들어오지 않는, 머리카락을 한번 쓰다듬어 주고 싶은 니콜라를 생각해야 했다.

클레망은 이제 말이 없다. 클레망의 램프 불빛으로 보니 그가 입은 여름 재킷에 가는 빗방울들이 마치 깃털처럼 덮여 있다. 클레망은 눈을 내리깔았고, 모자의 그림자 때문에 그의 얼굴 윤곽이 가려지고 그를 알아보게 해 주는 특징들도 안 보인다. 그저 영원히 멈춰 선 늙음을 드러내는 주름살만 번들거린다. 클레망이 오늘보다 주름이 많아지는 날, 오늘보다 말을 많이 하는 날은 오지 않으리라. 클레망 안에 있는 것, 그것은 바로 내 곁에 있는 시간이었다.

나는 그의 오두막으로 같이 가겠다고, 거기서 자겠다고 했다.

우리는 지에의 언덕을 올라갔다. 클레망이 자기 짚 매트를 나에게 내주고 불을 피웠다. 우리는 빵과 치즈를 조금 먹었다. 도중에 뤼스 바라그의 말이 달리는 소리가 들렸다. 나는 문턱에 서서 바라보았다. 마당 쪽 뷔그의 창문들이 환하게 밝혀져 있었다.

*

이튿날도, 그 뒤에도 이틀 더, 나는 계속 클레망의 오두막에 있었다. 지에에서 걸어올 때 감기에 걸려서 조금 아팠다.

클레망은 나를 위해 불을 피우고 먹을 것을 준비해 놓고 양을 지키러 갔다. 그는 매일 저녁 뷔그에 들르고, 늦게 돌아온다. 나는 뷔그에서 일어난 일을 묻지 않고, 클레망도 아무 말 하지 않는다.

나는 이 은신처 밖으로 나가고 싶지 않다. 이유는 정확히 모르겠다. 열이 나고, 거의 온종일 잔다. 눈을 뜨면 클레망의 갈색 담요에 싸인 내 몸이 보이고, 열린 문을 통해 연기 같은 하늘 아래 적막한 리솔강 계곡이 펼쳐져 있다. 비가 내리고 그치기를 되풀이하면서 하늘과 계곡 사이가 반짝이는 안개로 가득 찼다. 장작불은 세졌다가 약해졌다 한다. 아침에는 빨갛게 타고 저녁에는 흰 재 아래 장밋빛을 띤다. 오두막에는 창문이 숲 쪽으로 난 것 하나뿐이다. 벽에는 사냥총 한 자루가 걸려 있다. 벽난로 양쪽에 쌓아 놓은 습기 찬 장작의 냄새가 굳은 양젖의 시큼한 냄새와 섞였다. 소나기가 쏟아지면 비 냄새가 들어와서 벽을 핥고 나서 양젖 냄새와 장작 타는 냄새 사이로 무지개처럼 퍼져 나간다. 비 냄새는 나에게 최상의 고독의 냄새다. 생각해 보지 않아도 알 수 있다. 나는 그 냄새를 지금은 다시 닫혔지만 열려 있고 흩어져 있던 것의 가장 오래된 밑바닥까지 들이마신다. 불이 조그맣게 타닥거리는 소리 외에는 고요하다. 내 눈은 리솔강을 응시하다가 다시 감긴다.

클레망이 돌아온다. 클레망은 가을을 앞두고 나무들 틈새에 서 있는 한 그루 나무 같다. 그는 불을 피우고, 파이프를 꺼내 들고, 잠시 내 짚 매트 앞에 있는 매트에 잠시 앉아 있다가 다시 나간다. 한마디도 하지 않고, 심지어 나를 한 번 쳐다보지도 않는다. 그래도 그는 내가 침대에 누워 있다는 것을 안다.

뷔그에 불이 켜지기 시작하면 뤼스 바라그의 규칙적인 말발굽 소리가 들린다. 뤼스는 천천히 올라온다. 언덕이 가파르기는 하다. 나는 뤼스를 본다. 큰 우비를 뒤집어쓴 그녀는 더 아름답다. 뤼스는 티엔을 보러 온다. 비, 바람, 수치심을 무릅쓰고 티엔을 보러 온다. 수치심을 느끼겠지. 설령 산들에 가로막혀도 뤼스는 포기하지 않을 것이다. 산속에서 말이 지쳐 쓰러져도, 그 산속에서 늙어 가도, 오로지 티엔을 보기 위해서 기꺼이 늙어 갈 테고, 나 말고는 그 어떤 것도 뤼스를 멈출 수 없다. 나는 뤼스가 탄 말의 규칙적인 발굽 소리를 들으며 다시 잠이 든다.

나는 내 피로를 느끼느라 다른 겨를이 없다. 너무 더워지기 시작한다. 그러더니 땀이 내 피부를 뚫고 나오고, 몸이 시원해진다. 시원한 기운 때문에 몸이 저린다. 이 열은 감미롭다. 정말 감미롭다. 이 계절이면 내리고 그치기를 되풀이하는 감미로운 비를 닮았다. 곧 겨울이 시작되리라.

나는 잔다. 다가올 사건들이 어떤 것이든 나는 기쁘지도 슬프지도 않다. 나는 그 안으로 들어가야 한다. 이미 내 자리를 골랐다.

나는 내 자리를 바라보는 것 외에는 아무 할 일이 없는 곳에 있다.

내가 나타나면 뤼스는 도망칠 것이다. 내가 왜 돌아왔는지 티엔이 오해할 위험도 있다. 나는 나로 인해 사람들이 스스로 수치스러운 존재임을 깨닫는 것을 더는 참을 수 없다. 사람들에게 설명하고 싶지도 않다. 그들의 수치심보다 더 큰 나의 수치심, 그들의 수치심을 유발하는 나의 수치심을 설명하기 싫다. 설명하지 않을 거다. 뤼스의 암말이 더없이 아름다운 아가씨를 싣고 전진하길. 불이 들어오고, 티엔이 피아노 앞에 앉고, 아빠와 엄마가 와서 음악 소리를 듣길.

뤼스. 내가 돌아올지도 모른다는 생각을 하면 그녀는 얼마나 두려울까. 뷔그에 다시 와서 니콜라의 부모와 함께 작업실에 앉아 있는 자신의 모습을 깨닫는 순간 얼마나 수치스러울까. 뤼스의 욕망이 그녀의 용기를 이겼으면. 비겁한 용기, 비겁한 후회 따위 버리고 오로지 욕망만으로 무장하고 뷔그로 다가가길. 나는 누군가 티엔을 그렇게 욕망하는 게, 티엔이 그런 욕망의 대상이 되는 게 싫지 않다. 나는 그 정도로 다 잊을 수 있는 망각의 절정에 실 수 있는 셰싱이 좋다. 뤼스가 돌아왔다.

보나 마나 아빠와 엄마는 아마도 비난받아 마땅할 신중함으로 늘 뤼스를 상냥하게 맞이할 터였다. 오! 자신이 뤼스를 원망한 것을 후회하는 아빠, 뤼스가 자기를 원망했다고 생각할지 모른다고 속상해할 아빠도 좋다. 아빠는 니콜라의 죽음 이후 스스로를 견딜 수 있게 된 다음에는 뤼스를 견뎌야 했고, 니콜라의 죽음에 뤼스가 관련이 있다는 생각을 견뎌야 했다.

저녁 10시쯤, 클레망이 돌아왔다. 우리는 즐겁게 식사를 했고, 아무 말도 하지 않았다. 그저 양젖 치즈와 우유 수프를 맛있게 먹었다. 다 먹고 나니까, 별들의 차가운 냄새가 오두막으로 들어온다. 클레망의 집은 아주 편하다.

*

언제라도 해가 나면 나는 뷔그로 내려가야 한다. 날씨가 좋으면 밖으로 나간다. 다가오지 못하게 막고 있던 것을 나는 이제 더는 막지 않을 것이다. 어차피 내가 클레망의 오두막에 있다는 사실을 티엔이 모를 리 없다. 해가 떠오르면 티엔은 테라스로 나갈 테고, 기분이 좋아질 것이다. 그럴 때 제일 처음 드는 생각은 이 여자 혹은 저 여자에 대한 생각일 테고, 어쩌면 겨울에 떠나야겠다는 생각일 수도 있다. 그런 뒤에 더는 생각을 바꾸지 않을 것이다. 나는 한 번도 티엔이 원하는 것을 못 하게 막거나 방해한 적이 없다. 그는 자기 뜻대로 할 것이다.

사흘 낮과 사흘 밤이 지났다. 클레망은 의사를 데려오겠다고 말하지 않았다. 따뜻하게 있어야 한다고, 자야 한다는 말만 계속했다.
밤에 소나기가 내린 뒤 이튿날 드디어 해가 났다. 클레망이 숲 쪽으로 난 창문과 문을 활짝 열었다. 내 몸이 회복된 것 같았다. 여기 더 있으려 해서는 안 된다. 나는 일어섰다. 클레망이 자기 외투를 빌려 주었다. 나는 뷔그로 내려갔다.
길이 진창이었다. 떨어진 나뭇잎에 덮여 진한 갈색이 되어 버린, 이미 겨울의 길이었다. 숲에서 바람이 분명한 각도로 싱싱하게 불어왔다. 나는 정말 다 나았다.

뷔그로 올라가면서 마당에 나와 있는 티엔을 보았다. 그는 소작인들에게 말하면서 그럴듯하게 일을 시키고 있었다. 짙은 색 옷을 입었고, 내가 떠날 때보다 더 작아진 것 같다. 그를 보는 순간 옛일이 떠올랐다. 우리는 정말로 사랑한다. 그 순간부터 나는 티엔을 욕망하기 시작한다. T……에 가 있던 2주일 동안에 그를 생각하지 않았는데, 이제, 내 눈은 그를 좇아가고, 그의 몸짓 하나하나가, 바로 그 무관심이 내가 아는 가장 은밀한 몸짓을 상기시킨다.

티엔이 소작인들에게 일을 시키고 있는 게 이상했다. 뷔그의 유일한 주인인 내 일인데 티엔이 날 대신해서 소작인들을 고르고 집에 들였다. 티엔이라면 괜찮을 수도 있다.

다 올라왔다. 티엔은 이미 거실로 들어갔다. 아마도 내가 오는 것을 보았을 터다. 티엔은 아무 일도 안 하고 있었다. 담배를 피우고, 한 손을 턱에 괸 채 창밖을 바라보았다. 몸을 아주 조금만 돌리면서 돌아보았기에 그의 옆모습밖에 보이지 않았다.

"사흘 전부터 클레망의 오두막에 와 있는 거 알고 있었어." 어떻게 알았을까? 지에의 의사가 소작인의 아들을 보러 왔는데, 내가 기차에서 내려 마을을 지나는 것을 보았다고 했다. 그럼 내가 클레망의 오두막에 있는 건? 티엔은 그냥 짐작했다고 했다. 사실 그 이상한 노인의 오두막 아니면 내가 갈 곳이 없기는 했다.

이유는 모르겠지만 웃음이 나오려 했다. 하지만 그랬다가는 티엔이 화를 낼 것 같았다. 나는 티엔에게 아침을 먹고 옷을 좀 갈아입겠다고, 그러고 나서 괜찮으면 소작인들을 보러 가자고 말했다. 그날 꼭 어린애처럼 화나 있는 티엔을 처음 보았다. 나는 티엔이 어떻게 화가 나게 되었을지 상상해 보았다. 처음에는 천천히, 그러다 갑자기, 온 힘을 다해, 곧바로 화가 났으리라. 나는 아마 그래서 웃고 싶었던 것 같다.

나는 안다. 티엔은 뷔그를 떠나지 않을 것이다. 아마도 마지못해, 못내 아쉬워하며. 아무튼 떠나지 않는다. 나는 그를 잡아 두려 하지 않았지만, 결국 그를 얻었다. 그는 내 것이다. 티엔은 결국 이곳에 남는다.

집에 할 일이 많았다. 나는 점심 준비를 했고, 지금까지의 상황을 확인하러 작업실과 창고로 갔다.

오전이 끝나 갈 무렵에는 아빠와 엄마에게 갔다. 둘 다 아직 침대에 누워 있었다. 들어오는 나를 보며 빙그레 웃었고, 이젠 자신들이 게을러졌다고 말했다. 엄마는 니콜라와 노엘 때문에 많이 힘들었다고, 그 둘이 돌아오면 좋겠다고 말했다. 아빠는 내일부터 다시 일할 거라고, 계속 이렇게 쉬기만 할 수는 없다고 했다.

나는 잠시 아빠 엄마 곁에 있었다. 아빠는 생각에 잠긴 듯했다. 아마도 내가 어디를 다녀왔는지 궁금할 터였다. 엄마의 눈은 마당과 나를, 자신의 손과 마당을 번갈아 쳐다보았다. 엄마의 시선에는 조심성이 사라졌고, 마치 못 박히듯 공허하고 집요하게 상대를 쳐다보았다. 내가 없는 동안 아무도 아빠 엄마를 챙겨 주지 못했다. 잠옷이 회색이고 침대 시트도 마찬가지였다. 창문이 열려 있어서 밖에서도 방 안이 잘 보였다. 아빠 엄마의 커다란 손, 팔꿈치까지 맨살이 드러난 팔, 뒤엉킨 머리카락, 멍한 형체들이 아무렇게나 침대를 채웠다. 심지어 부모의 체취마저 사라졌다. 이제 더는 달랠 수 없다. 껴안고 입을 맞출 살도 많지 않다. 더는 안을 수도 없다.

아빠가 옷을 입었다. 아빠와 내가 엄마를 문 앞까지 나오게 해서 햇볕이 드는 곳에 안락의자를 놓고 앉게 했다. 나는 엄마의 귀에 대고 티엔과 결혼할 거라고, 곧 손자들이 생길 거라고 말했다. 엄마가 손을 몇 번이나 들어 올렸다 무릎에 얹었다 했다. "얘가 결혼한대, 루이, 얘들이 결혼한대!" 아빠도 즐거워 보였다. 아빠가 어떻게 된 건지 얘기해 달라고 했다. 나는 오래전에 결정된 일이지만 놀라게 해 주려고 감추고 있었다고 대답했다.

티엔을 다시 본 것은 오후가 다 끝나 갈 때였다. 그때까지 나는 계속 작업실의 불가에 앉아 있었다. 저녁이 시작될 즈음 나는 엄마를 집 안으로 데리고 들어왔다. 엄마는 집 안에서 몇 걸음 걷고 싶어 했고, 심지어 부엌에 가서 커피도 만들었다. 한 달 만에 처음이었다. 장작을 가지러 간 티엔과 마주친 엄마가 우리 결혼이 언제냐고 묻는 말소리가 들렸다.

티엔이 작업실로 돌아왔다. 그는 나에게 엄마한테 무슨 말을 했냐고 물었고, 나는 엄마한테와 똑같이 말해 주었다. 희미한 불빛 아래 절반쯤 돌린 티엔의 몸이 드러났다. 그렇다. 일곱 달 전에, 말 없이 가만히 있는 티엔을 보면서 나는 다가갈 수 없고 소리 없는 세상의 명령을 알아챘다. 그는 내가 창백하고 말랐다고 했다. 그리고 덧붙였다. "빨리 결혼하자. 겨울이 오기 전에 내가 다시 떠나야 하니까."

티엔은 나를 데리고 집의 왼쪽을 돌아보게 했다. 그는 거실 구석에서 내 허리를 감아쥐며 말했다. "네가 다정하고 아름다워져야 해." 그러면서 미소도 지었다.

　시계처럼 정확한 시각에 뤼스의 말이 뷔그로 올라오는 소리가 들렸다. 10시였다. 어쩔 수 없었다. 티엔은 나에게 기다리라고 했고, 뤼스에게 가서 우리 결혼을 알렸다.

　돌아온 티엔에게 나는 집 안을 돌아보는 거 그만하자고 했다. 피곤했다. 저녁을 먹고 싶었고, 티엔과 같이 내 방으로 올라가고 싶었다. 나는 그와 함께 자고 싶었다. 그가 내 곁으로 왔고, 내 머리를 자기 목으로 끌어당겨 아주 세게 잡아당겼다. 아팠다. 나는 아무것도 묻지 않았다. 그는 자기가 원하는 것은 나였기 때문에 뤼스 바라 그한테 손댄 적 없다고 말했다.

　어두웠다. 소나기로 시원해진 10월의 밤이었다.

평온한 삶이 오고 있다
윤진(번역가)

문학 작품은 작가의 삶과 반드시 연계되지 않고도 그 자체로 존재하고 의미를 지닐 수 있고, 따라서 소설이라는 허구 작품을 이해하기 위해서 작가에 대한 설명이 꼭 필요한 것은 아니다. 하지만 인간은 사건이든 감각이든 사유든 자신의 경험을 통해 내면을 형성하며 심지어 상상도 어느 정도는 그 경험의 기억 속에 뿌리를 내리고 있다는 점에서 모든 글쓰기는 자전적이라고도 말할 수 있다. 더구나 마르그리트 뒤라스처럼 실제 경험을 토대로 많은 작품을 써낸 작가의 경우에 전기적 삶에 대한 관심은, 물론 그렇게 작품 외적인 시선으로 밝혀진 것들이 텍스트의 의미를 더 잘 이해하게 해 준다는 보장은 없지만, 독자들에게 피하기 힘든 유혹이 될 수밖에 없다. 뒤라스의 삶에서 가장 많이 알려진 것은 30대에 발표한 자전적 소설 『태평양을 막는 제방』에서 허구적으로 그려지고 더 뒤에 일흔의 노작가에게 세계적인 명성을 안긴 『연인』에서는 더 직접적으로 소환된 인도차이나에서의 유년기이다(마르그리트 도나디외는

1914년 프랑스령 인도차이나에서 태어나 사이공, 하노이, 프놈펜, 빈롱을 오가며 유년기를 보낸 뒤 바칼로레아를 마친 1933년에 가족을 떠나 파리에 와서 대학 생활을 시작했다). 그리고 또, 오랜 알코올 의존증으로 쇠약해진 일흔 살 작가의 삶에 스물여덟 살의 나이로 들어와 세상 사람들을 놀라게 했던, 이후에도 뒤라스의 구술 창작을 기록하며 마지막까지 그녀와 함께한 얀 앙드레아와의 삶 또한 독자들의 관심을 끌었다.

이 책 『평온한 삶』은 파리에서 소르본 대학 법학부를 마치고 식민성에서 공무원 생활을 시작한 뒤라스가 어린 시절부터 꿈꿔 온 글쓰기를 시작한 초기의 작품이다. 제일 처음 구상한 '타느랑 가족' 이야기를 1941년에 완성하여 갈리마르에 보냈지만 긴 기다림 끝에 거절 편지를 받았고(1943년에야 플롱 출판사에서 『철면피들』로 출간되었고, 마르그리트 도나디외는 이때부터 뒤라스라는 필명을 사용했다), 1944년에 갈리마르에서 출간된 『평온한 삶』은 뒤라스의 삶에서 중요한 의미를 갖는 시기로 꼽히는 1942년에 쓴 두 번째 소설이다. 1942년은 뒤라스-앙텔므 부부가 문인들이 모여 정치와 문학을 논하던 '생브누아 그룹'의 요람이 될 파리 생브누아가의 아파트에 정착한 상징적인 해였지만, 그와 동시에 뒤라스의 문학적 감수성에 영향을 끼친 어두운 사건들이 일어난 해이기도 했다. 그해, 나치 점령하의 파리에서 첫아이가 태어나자마자 사망했고, 일본군의 공격을 받은 사이공에서 작은오빠 폴이 병사하고 "공동 묘혈" 속에 던져졌기 때문이다. 그리고 바로 그해에, 출판물관리위원회의 일을 새로 시작한 뒤라스는 원고 심사위원 자리에 지원한 디오니스 마스콜로를 만나 사랑에 빠졌다(몇 년 뒤 레지스탕스 활동을 하다가 나치에게 끌려간 앙텔므가 돌아왔을 때 부부는 결국 이혼했고, 이후에도 뒤라스와 마스콜로, 앙텔므와 그의 연인까지 네 사람은 사상적 동지로 생브누아 그룹을 이끌어갔다). 다시 말해 『평온한 삶』은 거절당한 첫 원고를 세상에 내놓는 과정에서 자신의 소명에 대한 첫 좌절을 겪은, 어릴 때 아버지가 세상을 떠난 이후 성인이 된 뒤 처음 겪은 상실들로 깊은 상처를 입은, 레지스탕스를 비롯하여 사회 운동들에 참여하면서 절망적인 조국을 위해 싸워야 했던, 그와 동시에 눈부신 아름다움으로 첫눈에 그녀를 매혹시킨 자유로운 영혼의 마스콜로와 함께한(마스콜로는 『평온한 삶』의 주인공 프랑신이 "지금껏 본 사람 중 가장 잘생겼다"라고, "무심한, 너무도 자유로운, 욕망 없는 남자라서 좋았다"고 말한 티엔의 모델이 되었다) 시기에 태어났다.

흔히 뒤라스의 작품 세계를 베스트셀러가 되어 작가로서의 명성을 얻게 해 준 누보로망적 작품 『모데라토 칸타빌레』, 그리고 알랭 레네의 영화를 위한 시나리오로 쓴 『히로시마 내 사랑』을 기점으로 (이 시기는 또한 뒤라스가 마스콜로를 떠난 뒤 세라르 자를로와 술과 폭력이 동반된 격정적인 사랑을 함께한 때이기도 하다) 둘로 나눈다. 한쪽에는 전통적인 소설 양식을 따르던 '뒤라스 이전의 뒤라스Duras avant Duras', 즉 『철면피들』, 『평온한 삶』, 『태평양을 막는 제방』, 『지브롤터의 선원』, 『타르키니아의 작은 말들』의 뒤라스가 있고, 다른 쪽에는 『롤 베 스타인의 환희』, 『부영사』로 대표되는 전위적인 글쓰기와 함께 특유의 미학을 구현하면서 연극, 영화로 창작의 영역을 확장해 나간 뒤라스가 있다. 뒤라스의 초기작들 중에 가장 잘 알려진 것은 물론 훗날 노년의 작가가 세상에 내어놓게 될 『연인』과 같은 뿌리를 가지는 『태평양을 막는 제방』이다. 한 권에서는 캄보디아의 평야에서 살아가는 쉬잔의 이야기가 삼인칭의 허구로 주어졌고 또 한 권에서는 사이공 기숙 학교에 다니는, 뒤라스의 분신이라 할 수 있는 '나'의 이야기가 일인칭의 직접적인 고백으로 주어졌지만, 두 작품은 하나의 이야기다. 『태평양』의 쉬잔은 『연인』의 나-화자이고, 발작적으로 쉬잔을 때리던 『태평양』의 어머니는 광기에 휩싸여 딸을 때리는 『연인』의 도나디외 부인이다(그래서, 『태평양』이 출간되었을 때 도나디외 부인은 허구 속에 그려진 자신의 모습에 분노하여 딸과 의절했다). 그런데 뒤라스의 작품에서 꾸준히 그려진 가족 관계가 주는 이러한 불안과 절망은 이 책 『평온한 삶』에, 거의 온전히, 이미 그려져 있다. 물론 배경은 인도차이나가 아니라 프랑스의 시골 마을이며(뒤라스가 어린 시절 귀국할 때 몇 차례 머물렀던 아버지의 고향 로테가론 지방에서 영감을 얻은 곳이다), 가족에게 불행을 불러오지만 가족이기에 마음 놓고 증오하지 못하는 인물(『평온한 삶』에서는 외삼촌 제롬이고, 『연인』에서는 큰오빠이다), 근친상간에 가까운 감정으로 이어진 남자 형제(『평온한 삶』에서는 동생 니콜라이고, 『태평양』에서는 조제프, 『연인』에서는 작은오빠이다)가 있고, 무엇보다 『태평양』의 쉬잔과 『연인』의 나-화자만큼이나 냉소적인 프랑신이 이야기를 이끌어간다.

『평온한 삶』은 분량이 각기 다른, 정확히는 점점 짧아지는 세 개의 부로 이루어진다(대략적으로 1부가 전체의 절반에 해당하고, 나머지 절반의 2/3가 2부, 1/3이 3부이다). 프랑스 남서부 시골 마을의 '뷔그' 농장에서 살아가는 스물여섯 살의 프랑신 베르나트가 일인칭 화자로 이어 가는 하나의 이야기이지만, 각 부의 성격은 상당히 이질적이다. 이야기의 중심은 "뷔그의 부동성"이 "가장 민감하게 느껴지고 가장 견디기 힘들어지는" 시기인 "8월의 목전"에서 시작해서 약 한 달 동안 일어나는 사건들을 그린 1부이다. 베르나트 가족은 20년 전 쫓기듯 프랑스로 와서 뷔그 농장에 정착했고, 그 20년을 채운 것은 부모의 무기력과 화자 프랑신과 동생 니콜라 남매의 절망이다. 『태평양을 막는 제방』의 조제프와 쉬잔 남매가 그랬듯이, 그저 기다리는 것 외에 할 일이 없다는 점에서 남매의 삶은 비슷하지만, 조금 다르다. 프랑신이 보기에 니콜라는 "다른 사람들이 기다리는 것을 그게 뭔지도 모르는 채로 기다"린 자신과 달리 꿈을 지녔고, 그런 동생을 떠올리며 그녀는 "내 눈길이 니콜라에게 가닿기만 해도 그의 꿈이 나를 가득 채웠다"라고 말한다. 하지만 그 꿈은 "유년기의 밑바닥에 버려진" 어린아이의 꿈이며, 그래서 그 "눈길에 보랏빛 부재가 담겨" 있는 것을 보는 순간 프랑신은 더는 기다리지 않기로, 뷔그의 무력한 고요를 깨뜨리기로 한다. 문제의 사건은 가족이 뷔그에 못 박히게 된 이유를 만들어 낸 외삼촌 제롬과 관련된다. 그렇게 가족들에게 단순한 증오의 대상이 아니라 "꼭 헤어져야 하는 분명한 이유가 없다는, 그저 헤어지고 싶은 욕망뿐이라는 사실을 통해 이어"진 제롬의 죽음, 그리고 아마도 그에 필연적으로 따라올 수밖에 없었던 니콜라의 죽음이 각기 1부의 이야기의 시작과 끝을 이룬다.

2부는 "여름의 막바지"부터 겨울을 예고하는 비가 내리기 시작하는 때까지, 정확히는 1부에 일어난 두 번의 죽음 뒤에 프랑신이 혼자 바닷가에 머무는 보름 동안의 이야기다(지금 이곳이 아닌 오래전의 낙원이나 현재의 피난처가 될 수 있는 다른 곳은 뷔그, 지에 같은 고유 명사가 아니라 R…… T……로 모호하게 주어진다). 처음으로 바다를 바라보면서 혼자 지낼 수 있게 된 프랑신은 1부에서의 무기력한 상태와 다르게 상념들을 물고 늘어질 수 있다. 호텔 방에 누운 나, 그 나와 "언제라도 끊어질 수 있는 가느다란 추억의 끈으로 이어"져 있는 거울 속의 나, 그리고 그 둘에 대해 말하는 나(이 나의 눈에 "최근 뷔그에서 일어난 일들"을 겪은 '나'는 이 순간을 기다리면서 "자리를 대신해 온" 존재일 뿐이다)의 관계는 자기 분열에 다가간다. 1부에서 서술의 긴장이 화자가 과거를 돌아보는 말과 그 사이로 불쑥 끼어드는 현재의 말 사이에 놓였다면, 2부에서는 'je(나)'와 거울 속 여자를 가리키는 삼인칭의 'elle(그녀)', 그리고 누구라고 지칭하기 어려운(우리말로 번역하기는 더 어렵다) 일반적인 사람들을 지칭하는 'on'을 오가는 움직임으로 표현된다. "나는 식사를 마쳤다. 기분이 좋다(J'ai fini de dîner. On est bien)."처럼 'je'와 'on'이 나란히 오기도 하고, 마음속 가장 깊이 내려간 말들의 주어는 'je'가 아니라 'on'일 때가 많다. 예를 들어, 또 다른 큰 거울인 바다 앞에서 자신을 바라보던 프랑신의 긴 성찰을 이루는 문장들이 모두 주어가 'on'이다. "늘 오늘이 가장 외로운 날이라고 생각하지만, 그렇지 않다. 날이 갈수록 더 외로워진다. 매일 아침 이 땅에서 한 걸음도 더 나아가지 못하겠다고 생각하고, 매일 저녁 이미 고독뿐인 공간을 한 번 더 지나왔음을 깨닫는다." 이러한 분열 뒤에 프랑신은 뷔그에서 일어난 일을 다시 되짚어 가고, 자신이 "제롬을 원망한 이유는 오로지 니콜라"였고, 하지만 "제롬은 혼자 죽을 수 없었"음 역시 알고 있었고, 그럼에도 "제롬과 갈라서는 길은 그 방법밖에 없다는 사실"또한 알았기에 무력한 균형을 흔드는 첫 손짓을 했음을 인정한다. 그리고 3부에서 T……를 떠나 전과 똑같은, 그러나 전과 달라진 뷔그로 돌아온다.

'평온한 삶'은 어떤 삶인가? 이 작품에서 평온함과 가장 밀접하게 연결된 단어는 '권태'이다. 권태는 절대적인 힘을 지니고, 그래서 권태를 깨는 혼란 중에도 "혼란을 둘러싸고 있는 권태"가 힘을 발휘한다. 1부에서 뷔그를 지배하는 권태는 이렇게 그려진다. "다시 저녁이 올 때까지 새로운 낮, 드넓은 낮이 또 펼쳐지지 않겠는가. 모두 건너가 버렸다. 이미 저편으로 건너가서 심연에 빠졌다. 비워진 날들이 그 심연 속에 쌓여 갔다." 2부에서는 더 차갑고 더 깊은 권태가 된다. "매번 바닥까지 내려갔다고 믿지만, 그렇지 않다. 권태의 밑바닥에는 늘 새로운 권태를 만들어 내는 샘이 있다. 권태를 통해 살아갈 수도 있다. 나는 때로 새벽에 잠이 깨서 밤이 사라지는 모습을 본다. 사물을 부식시키는 힘이 너무 강한 흰색의 빛 앞에서 밤은 무력하기만 하다. 바다가 퍼트리는, 너무 순수해서 숨 막히게 만드는 습기 찬 상쾌한 기운이, 이어 새소리가 방으로 들어온다. 그럴 때, 말할 수 없다. 그럴 때, 새로운 권태를 발견한다. 전날보다 더 멀리서 온, 하루가 더 담긴 권태다." 그리고 3부에서, 바다에서 뷔그로 돌아오는 길에, 프랑신은 비로소 '권태 없는 삶'을 입에 올린다. "권태는 어쩔 수 없다. 나는 권태롭다. 언젠가 권태롭지 않은 날이 오겠지. 머지않았다. 나는 필요조차 없음을 알게 될 것이다. 평온한 삶이 오고 있다." 『평온한 삶』이라는 소설 전체가 사실상 권태의 이야기라고 말할 수 있다. 권태는 이야기의 끝에도 사라지지 않는다. 그저 사라질 수 있는 것이 되었을 뿐이다. 그리고 바로 그런 상태가 평온한 삶이다.

　가족 이야기, 사랑 이야기(여덟 달 전에 알 수 없는 이유로 뷔그에 와서 같이 살게 된 티엔과 프랑신의 관계, 니콜라와 티엔을 오가는 뤼스의 질투, 이 두 가지가 사건들을 촉발하는 역할을 한다)를 내세운 이 소설은 결국 권태를 둘러싼 한 인물의 자기 성찰을 그린 이야기이다. '알았다' '알지 못했다' '안다' '모르겠다' 같은 말이 수시로 쓰이는 것은 그런 맥락이다. 물론 그 성찰이 세상을 대하는 태도의 변화를 가져오지는 않는다. 프랑신은 여전히 세상이 자신에게 안기는 모든 책임이 자기와 상관없는 일이라고 말한다(그녀는 뷔그에서의 두 죽음 뒤에 T……에서 또 한 번의 죽음에 연루되는데, 전의 두 죽음이 그녀가 무엇을 했기 때문에 일어났다면, 세 번째 죽음에서는 무엇을 하지 않음으로써 비난받게 된다). "나는 확실히 안다. 그 모든 비극적 사건들, 그리고 물에 빠져 죽은 남자의 일. 나는 너무 많은 사건을 짊어지고 있다. 어디서나, 사방에서 사건이 터졌다. 나 때문에 일어난 사건들이다. 적어도 사람들은 그렇게 믿는다. 하지만 나는 안다. 어차피 나와 상관없는 일이다." 사실 이러한 화자의 목소리는 뒤라스의 소설 속에 등장한 여러 화자를 떠올리게 한다. 또한 자기 자신을 들여다보는 과정에서 육체적 감각이 중요한 역할을 한다는 점에서(바닷가에서 "햇빛 아래 나는 밀가루다"라는 프랑신의 아리송한 말은 훗날 『연인』에서 엘렌 라고넬의 관능적인 피부를 두고 말한 "고운 밀가루"를 떠올려야 의미가 분명해진다), 또 모든 과정이 짧고 응축력 있는 문장들로 주어진다는 점에서(예를 들어 니콜라의 죽음을 몰고 올 사건의 첫 고리를 여는 행동을 결심한 순간을 돌아보면서 화자는 이렇게 말한다. "어둡던 밤이 밝아 오고,

정원 아래쪽 하늘이 하얗게 변했다. 푸른 나뭇가지들이 부드럽게 흔들리기 시작했다. 한 줄기 미풍이 벽으로 미끄러져 들어와 새벽을 애무했다. 마치 먹이를 찾고 냄새를 맡는 짐승처럼 새벽이 왔다.")
『평온한 삶』은 훗날 본격적으로 개화하게 될 뒤라스적 세계를 품고 있다. 무엇보다 중요한 것은, 늘 그러듯이 모든 것을 담담하게 전달하는 뒤라스의 목소리다. 뒤라스가 슬프지 않은, 뻔뻔스러울 정도로 냉정한 목소리로 자신의 상처와 수치를 이야기할 때 그 냉정함이 미처 가리지 못한 상처와 수치를 엿보는 독자는 슬픔을 느끼고, 그 슬픔에서 아마도 위로를 얻는다.

1914 4월에 프랑스령이었던 베트남 남부 지아딘에서 수학 교사인 아버지와 프
랑스어 교사인 어머니 사이에서 출생. 형제로는 두 오빠인 피에르와 폴이
있음. 본명은 마르그리트 도나디외이며, 마르그리트 뒤라스는 작가로 활
동하면서 쓴 필명이다.

1918 아버지 사망.

1931 프랑스로 돌아와 1차 바칼로레아에 합격.

1932 2차 바칼로레아에 합격.

1933 파리 소르본대학 법학부에 입학.

1937 프랑스 식민성에서 근무.

1939 대학 시절 같은 법학부 학생이었던 로베르 앙텔므와 결혼.

1942 첫 아이 사산. 디오니스 마스콜로를 만나 연인이 됨. 작은 오빠 폴이 인도
차이나에서 사망.

1943 뒤라스라는 필명으로 첫 소설 『철면피들』 출간. 로베르, 디오니스와 함께
레지스탕스에 가담.

1944 로베르가 체포되어 강제수용소에 갇힘. 『평온한 삶』 출간.

1945 공산당에 가입. 프랑수아 미테랑의 도움으로 강제수용소에 갇힌 로베르

를 구조.

1947 로베르와 이혼하고 디오니스와 재혼. 아들 장 마스콜로 출생.

1950 같은 공산당원인 루이 아라공을 사석에서 비판한 일을 빌미로 공산당에서 제명. 인도차이나에서 보낸 어린 시절의 이야기를 담은『태평양을 막는 제방』출간하여 공쿠르상 후보에 오름.

1952 『지브롤터의 선원』출간.

1953 『타키니아의 작은 말들』출간.

1954 『숲속에서 보낸 나날들』출간.

1955 『길가의 작은 공원』출간.

1956 두 번째 남편인 디오니스와 헤어지고 기자인 제라르 자를로와 만남. 어머니 사망.

1958 영화 〈히로시마 내 사랑〉의 시나리오 집필.『모데라토 칸타빌레』출간. 디오니스가 창간한 반드골 성향 잡지인『7월 14일』에 참여.

1960 알제리전쟁 반대 운동에 적극 참여.『여름 밤 열 시 반』, 『히로시마 내 사랑』출간.

1962 『앙데스마 씨의 오후』출간.

1964 『롤 V. 스탱의 황홀』출간.

1965 희곡집 1권 출간. 연극 〈숲속에서 보낸 나날들〉이 성공을 거둠.

1966 『부영사』출간.

1967 『영국 연인』출간.

1968 5월혁명에 적극 가담. 희곡집 2권 출간.

1969 『파괴하라, 그녀는 말한다』출간. 직접 연출하여 영화로도 만듦.

1970 『아반 사바나 다비드』출간. 이 작품을 〈노란 태양〉이라는 제목의 영화로 연출.

1971 시몬 드 보부아르, 잔 모로 등과 함께 낙태와 피임 합법화 선언에 참여.

1972 『사랑』출간. 이 작품을 〈갠지즈강의 여인〉이라는 제목의 영화로 연출.

1973 시나리오집『나탈리 그랑제』, 희곡집『인디아 송』출간.

1974 『부영사』를 토대로 한 영화 〈인디아 송〉 연출.

1976 〈인디아 송〉 칸 영화제에서 예술 및 비평 부문 수상. 이때 마지막 연인이 될 얀 앙드레아를 처음 만남.

1977 시나리오집 『트럭』 출간하고 영화로도 연출.

1980 알코올중독으로 병원에서 치료. 서른여덟 살 연하의 얀 앙드레아를 자신의 아파트로 오게 하여 죽는 날까지 함께함. 『베라 박스터 혹은 대서양의 해변들』, 『복도에 앉은 남자』, 에세이 『80년 여름』 출간.

1982 『대서양의 남자』, 『죽음의 병』, 희곡집 『사바나 베이』 출간.

1984 『연인』 출간. 이 작품으로 공쿠르상 받음. 『아웃사이드』 출간.

1985 『고통』 출간.

1986 『파란 눈 검은 머리』, 『노르망디 해안의 매춘부』 출간.

1987 『에밀리 엘의 사랑』, 영화 잡지 『카이에 뒤 시네마』에 수록된 인터뷰를 모은 『초록 눈동자』 출간. 에세이 『물질적 삶』 출간.

1990 『여름비』 출간.

1991 『북중국의 연인』 출간.

1993 에세이 『쓰다』 출간.

1995 에세이 『이게 다예요』 출간.

1996 여든두 살을 일기로 사망. 몽파르나스 묘지에 묻힘.

작가 연보

평온한 삶

클래식 라이브러리   002

1판 1쇄 인쇄   2023년 3월 20일
1판 1쇄 발행   2023년 3월 31일

지은이   마르그리트 뒤라스
옮긴이   윤진
펴낸이   김영곤
펴낸곳   아르테

문학팀   김지연 임정우 원보람
출판마케팅영업본부장   민안기
마케팅2팀   나은경 정유진 박보미 백다희
출판영업팀   최명열 김다운
제작팀   이영민 권경민

출판등록   2000년 5월 6일 제406-2003-061호
주소   (우 10881) 경기도 파주시 회동길 201(문발동)
대표전화   031-955-2100
팩스   031-955-2151

ISBN   978-89-509-2247-4 04800
ISBN   978-89-509-7667-5 (세트)

아르테는 (주)북이십일의 문학 브랜드입니다.

──── 책값은 뒤표지에 있습니다.
──── 이 책 내용의 일부 또는 전부를 재사용하려면 반드시
      (주)북이십일의 동의를 얻어야 합니다.
──── 잘못 만든 책은 구입하신 서점에서 교환해 드립니다.

『슬픔이여 안녕』『평온한 삶』『자기만의 방』『워더링 하이츠』『변신』『1984』『인간 실격』『코』『사랑에 대하여』『도리언 그레이의 초상』『비계 덩어리』『월든』『라쇼몬』『이방인』『데미안』『수레바퀴 밑에서』『노인과 바다』『위대한 개츠비』『작은 아씨들』

클래식 라이브러리 시리즈는 계속 출간됩니다.